与世界有一场深入的遇见

闻中 著

四川人民出版社

目　录

前言：我在田野上细细地品尝过光的滋味　　001

谁将从书籍中惊醒？

我的书房，我的梦　　011
一片飘进我的窗户的叶子　　015
每一幅风景，都是灵魂的一种状态　　018
谁将从书籍中惊醒？　　022
孔子会得救吗？　　028
先有鸡，还是先有蛋？　　032
作为人间究竟之道的《道德经》　　037
真实人生，勿被虚假智慧架空　　042
梦与觉　　046

美不是存在，而是发生　　　　　　　　　050

伟大的"水溶于水"　　　　　　　　　055

我所握住的那一把流沙　　　　　　　　062

真生命是一场"习坎"之旅　　　　　　068

方东美说"功德慧"　　　　　　　　　072

命运与智慧　　　　　　　　　　　　　081

文明既成，人间学问即第一典要　　　　086

生命的冬夜，当以勇气、智慧与爱来照亮　　093

不了了之，是世间之常则

印度的日常甜品与糖　　　　　　　　　107

东学西渐第一人：斯瓦米·辨喜　　　　112

乔答摩王子告别妻儿的那个暗夜　　　　124

泰戈尔与奥坎波的传奇爱情　　　　　　130

瑜伽与自我生命的那一把乐器	133
宗教与艺术,其深处是瑜伽	137
智慧瑜伽的终极追求	141
中国人的信仰,印度人做梦也想不到	147
一位当代中国学人的千瓣莲花	150
不了了之,是世间之常则	154
觉醒是唯一的解脱	159
存在是一本打开的书	165
我们究竟在恐惧什么?	169
喜乐与悲伤	174
不执与无畏	178
内在的朝圣	183
信仰为什么是必要的?	190
世界如森林,心意似迷宫	194

在生命的收割当中，收获的全是自己

在生命的收割当中，收获的全是自己	203
我们都是穴居者	207
神话少年伊卡洛斯的翅膀	211
但丁：生命就是伟大的朝圣之旅	215
拉格比，一个充满祈祷的小镇	228
我穿过了泰晤士河的川岸	232
莎士比亚就是一切	235
万物的灵魂	241
论叔本华与行动瑜伽	245
爱默生：美国精神的后花园	250
突然想起了乌纳穆诺	256
昆德拉与上帝的笑声	261
德沃斯基的音乐	270
悉达多与轴心精神	275

灵魂收获我们看不见的远方 284

跋文：从"为学日益"到"为道日损" 292

前言：我在田野上细细地品尝过光的滋味

一

一个孤立的字母是没有意义的，只因字母与字母组合才有了词汇，有了句子和华美的文章，进而生成了无穷的意义。

人也一样，只有当我与你发生了切实的联系，只有于快乐的人群与世道当中安然行走，如同一尾鱼从大海中游过，孤立的虚空、属世的忧伤才有望被彻底消解，生命中的种种暗昧与模糊，则渐次显现出了它自身的澄明品质，获得了真实的庄严。我知道，那里面常常会有一种光明的记忆。

生命，既像是我们世世代代的同舟共济，也像是于光明海上航行之际，有了光明岛上的相聚与欢歌。自然，这也正是我们人生意义涌现之契机。

诗人泰戈尔说："日复一日，你使我更加配得上你主动赐予的朴素而伟大的赠礼——这天空、这光明、这躯体、这生命与心灵。借此种种，你把我从众多危险的欲望当中拯救出来。"

我们行走在人世上,与众人在各个时代相晤面,携带着各自一言难尽的命运与肉身,却又可以意气风发、义无反顾地前行,乃在于借此而品尝到了自己的真生命,品尝到了真实与意义的不断涌现、不断生成,品尝着光明海与光明岛的无尽芬芳。

确实,我对光与天空是敏感的。小时候,曾有一段较长的时光,是在乡村度过,那是光的旷野,一到某些时日,天边就挂满了异彩。这些色彩不仅在天上运行,而且会在幼小而敏感的心上尽情涂抹,呈现出种种华美的景象。

我在田野上细细地品尝过光的滋味,听闻过光的秘密耳语。但那全是一个人的世界,空旷无边,人沐浴在这样肆无忌惮的光中,吻着眼睛,吻着心扉。于是,这些光就开始爬满了童年的岁月,爬满实实在在的心灵,重重叠叠,也自然爬进了一个个梦境、一个个色彩舞动的梦的乡野。

二

但是,人不但在空间里面行走,更是在时间里面行步。这一切,随着岁时的流动,毕竟都已久违,所以,我特别怀念那样澄明的光色与天空。于是,也就在后来的岁月当中,很容易就记住了曾经几次与光明猝不及防的遇见,以及因遇见而产生的意外惊喜:

第一次是在英国的伯明翰。彼时，甫抵此城不久，我住在城郊一座旧式国际宿舍的阁楼里面。时当午后，我是直接被光打醒的，眼目睁开，欣喜异常——光明，哦，我的光明，普照大地的光明，这吻着眼目的光明，这沁入肺腑的光明！

彼时，我明明观察过早晨的天空，那时阴霾重重，而且不时还夹杂着一些细雨，并没发觉有什么特殊的魅惑之力。可是，绝对没有想到伯明翰的午后，居然会有这般明亮的时刻，光从窗外涌进了我的屋子——一个奇异无比的光的海洋在天上跃动，又在我的眼前弥漫舒展。我不知道它展开的速度，因为那时我尚在睡寐当中。我当然熟悉这样的光，它是从我童年的岁月里转移过来的。我不禁吟唱起这样美好的诗句：

哦，亲爱的，光明在我生命的中心跳起舞来了；亲爱的，那光明正在弹拨我爱的琴弦。天开了，风儿狂奔，朗朗笑声响彻大地。蝴蝶在光的海洋上，展开了它的翼帆。百合，还有茉莉，它们在光的浪尖上起伏、翻滚。亲爱的，这四射的光辉，它在每一朵高天的云彩上散映成金，撒下了慷慨无量的珠宝。

第二次则是在印度。我住在喜马拉雅山南麓群山中部的一座道院里面，那里有着终年不化的积雪，有奇妙的群花，大气十净，光就从这样的天空中，直接洒落了下来，有时候间直像国库一样，明亮、透彻而有力量。无比洁净的光，就这样洒在了无尽的虚空之中，自由落下，那些落在树叶间，自树的缝隙间透过的光，便如清新的呼吸，又碎成了碎金碎银，熠熠生辉。

一天之内，因光线的变化，常常有无数层次的色彩呈现，因为太阳与月亮随时都在为它服务。早上或呈银色，中午可能是金色，而傍晚则很有可能会是红色夹带着暮色；在喜马拉雅山的夜晚，人们更是可以静静地欣赏到星月争辉的世外奇景。所以，喜马拉雅山，它是神圣的光明的山，其地是光明之地。

印度的漫游者斯瓦米·罗摩曾在《大师在喜马拉雅山》一书中说道，"在喜马拉雅山的上面，黎明和黄昏，不仅仅是指地球自转所形成的那些时刻，它还包含着更深沉的意义"。于是，这便与人类的觉性、觉醒的程度有了神秘的联系。

第三次就是在最近。在千岛湖的湖边，日暮时分，我常常默坐，却被无比澄明的光触及，我走到了阳台，一眼望去，心中立时起了一阵无端由的生世之怅惘。

古人曾在《诗经·小雅》中留下一句"忧心如醒"，大概描述的即是如我此般之心境：似醉非醉的生命中，存有某种恍惚感，如同月色之微曛与半开的花，在寻求与你之间的心心相印。求美即得美，欲醉而入醉，刹那永恒，端是无憾。

此湖区的这种光，亦如喜马拉雅山中一样，是无比地美满而罕见，它温和、香甜，滋味醇厚。极目处，水天苍茫，湖面上，则如同金沙铺就的圣道,远处的小岛微微拱起了黝黑的脊背;在奇异的光色中,天风吹拂,天气浩荡,我在这个湖边沉思,故我也就被微曛的光色与天空醉倒。

这些光明的记忆,时空或有不同,但光明的品质是一样的,那种天空、天色之明亮,只要是光芒下照,便能沁入心脾,或午后,或黄昏,或经雨水之洗涤,或在高空自在地闪耀,皆是温煦如初。尤其是我曾于白雪的家园寻觅过此尘世间的光明天色,澄明与洁净,如同圣者的面容、圣者的心扉,种种猝不及防的相遇,皆令人沉默无语,似遭电击,心空万象。

三

我们在人间的尘土中久久生息,一翼轻薄,而终渐次积尘成垢,此后而又渐次淡忘初心,故种种的相逢,实属久违如梦中相晤,是故家的相期与相许,亦是微妙的超世间提醒。随后,我们在人世间一路行来,峰回路转,时间的风恒然吹动,时日如流。而明亮却可以继续在人间扩展:明亮的大海,明亮的岛屿与草木,明亮的溪水与高天,明亮的喜马拉雅山,等等——最后,就是世上那些明亮的心灵。

试想,在生命无穷尽的旅途当中,长亭短亭,谁没有遇上过黑夜?那些偶像的溃败,那些心灵的低谷,那些时代的种种沉沦和迷惘的兆象,谁没有遇上过?当繁花过后的凋零之残局,谁不曾遭遇过疼痛?此际,需要的必是无畏的生命与信心。如果没有信心,如果没有明亮的生命之底色,人们的盼望和满满的爱意缘何而生?对于未曾寻着信心的人们而言,隐藏的神,如同远方的一个暗夜。处于不同境界之中的人,其所经验到的也必定不一样。

说白了,光和暗的差别,其实就是得与未得,出走与回归的差别。于是,灵魂也就需要经历种种的暗夜——感官的暗夜,心灵的暗夜,未知远方的暗夜。《约翰福音》中有云:"有一位站在你们中间,是你们不认识的。"那隐藏的,需要被揭示;那闭合的,需要被打开;那寻找者,需要路途的指引——直至寻着,然后以一己微弱的心灵之火,融入了庞大无匹的光明的海洋,自己也成了光,光本身。

于是,生命就构成了一种自家弹唱的旋律,谱成了自在流淌的神奇音乐。这是古往今来的圣者给我个人的启示,也应该是所有文明世界当中,那些学识渊博、胸次浩荡的人心给吾人之最珍贵的启迪。

诗人泰戈尔说:"我知道,我只有作为歌者,才能靠近你。"信仰的明亮和内在的光,一旦接通而得以敞开,生世的苦恼便一扫而空,而无尽的生命之欢唱,就宛如不可阻挡的洪流,遍及一切的存有。

我自己便是受了这些光明的恩赐与感动,曾在自己的日记里边写道:"我在风景如画,水声鸣唱,鸟雀怡然的不同自然地域,又在文明世界的美丽校园里面,光明在干净的天上穿行着,我就此而打开了尘世的音乐,收获满满的祝福!"

我愿意在中国人的流水哲学当中,枕水而眠,乐以忘忧。而心思如果歇在了这上面,那就是水融入了水的神奇滋味,如同河伯遇见大海,恍惚中,小我就找不见了。

还是这个泰戈尔,他在诗集当中说:

在光明逝去之前,让我进到沉静的山谷里去吧。在那里,一生的收获,将会成熟为黄金一般的智慧。

他还说:"我梦见一颗星,一个光明的岛屿,我将在那里出生。在它活泼泼的闲暇深处,我的生命将成熟它的事业,像阳光下的无尽稻田。"

多少年过去了,我们还在接受光明海与光明岛上的无数传说,无数遇见,以及这些传说与遇见所给出的丰厚馈赠,教人一念之下,心中生出了大感动。

四

此书是我无意当中的一个收获,其中要文字大体皆于广州的

《瑜伽》杂志刊出，因文字短小，笔调用情，全然不类我自己的那些学术文章。那些文章是不自在的，而我需要自在，写一些学术规制所不容，不讨喜的文章，所以，不免有这些小小的文字出来。我记得许多的朋友——尤其是瑜伽界的一些朋友，却是因为这些文字而认识了吾人内心之所思与所想。居然也应了古语"聚沙成塔，集腋成裘"，慢慢也显现出了它的此种面容，我相信有人读着读着，是有会心一笑的快意欢畅的愉悦罢。

如今编成一集，应一位兄长之提示，就叫作《与世界有一场深入的遇见》。

如是云云，亦算是交代一过。此记。

闻 中

戊戌年仲夏于千岛湖岸边

谁将从书籍中惊醒？

与　世界有一场

我的书房，我的梦

人类发明了造纸术和印刷术之后，口耳相传的智慧传递方式便宣告终结，人类的智能从此有了物质的依凭和保障，于是，所有力所能及的智慧都得到尽可能的保存。从此，茫茫大海的惊涛骇浪，就像安然恬睡的婴儿一样悄无声息，不朽的性灵之光被文字和纸张捆绑，锁进了无数的书籍之中，书籍就这样成了先行者和后来者传递光芒的秘密通道。牛顿说："我是站在巨人的肩膀上，才能获此成就！"此话绝非虚语，书籍是一切文明世界得以筑就的伟大基础。

这个"巨人的肩膀"正是古往今来的伟大文献，在它们的内部，封存着海洋一般的智慧、太阳一般的光芒。它们以凝固的方式静静地等待着后人来打开，一旦打开，被幸福之光照亮的不仅仅是读者，更是那个也许死去多年的作者和书籍本身；它们此时开始变得激动无比，它们前拥后挤、滔滔不绝，它们瞬间苏醒过来，并且参与人世的建构，直至阅读者暮色苍苍，垂垂老去之时，却不枉来人世一趟，因为它们此后的生命会在不同的身体内和思想中存活。

除了老家，那里尚存着我的一万册图书，我在岁月里行走时，无论落脚何处——杭州、上海、伯明翰、香港或是加尔各答，无不是在最短的时间备置好崭新的书册。一个人的藏书，通常就是自己精神路径的反映，我的自然也不例外，从早年虔诚的文学梦到今日眈溺于哲学和宗教的路径，从我的书中清晰可辨。我倾心热爱的书籍用神秘主义的话来说就是卓巴之书和佛陀之书，即真正体现人类精神高度的书籍，以及与之完全背道而驰的充满疯狂而又醇美的关于人性历程的书籍。一句话：自高天至深海的两个端点就是我心中悦服的书籍，它们扩展着人性的领域。我愿意毕生为之而着迷，而惊奇陶醉。激情的哈菲兹和刻毒的莎士比亚，古希腊的神祇，伟大的《柔巴依》和《吉檀迦利》，贝克莱和叔本华，印度的吠檀多，甚至中东沙漠里边诞生出来蔓延到印度西北克什米尔地区的苏菲主义，都成了我暗暗追慕的精神线索。

我认为，优秀的书籍，不仅仅是启蒙开智的文明读本，而且更应该成为我们涉身大海的体验之源；更妙的书籍，还会成为登天的云梯。

作为自我精神修炼的所在，我曾将自己的书房命名为"愚鲁斋"，虽然后来放弃了。由于"愚鲁"体现了我所喜爱的以老庄为代表的道家精神,又不悖儒家理想主义的训育之道,夫子就曾有"(回)不违如愚""参也鲁"等语,可见,儒学成就最高的两个爱徒颜回和曾参恰恰是两个"愚鲁"之人。

虽然坐拥书城的梦想如今已紧攥手中,但在我的实际生活中,其实书籍从来没有真正取代过一些友人的帮助和点化。许多文化界的朋友曾相继造访过我的书斋,印象大致不差。我想书籍本身就是一种力量,并不乏为之自傲的嫌疑。一位曾旅居新疆的朋友在二十年前就曾留下一言:"你钟爱文学,所以我比任何人都希望文学不会成为你的一种摆设。与其如是,则不如全部抛开。"

也许,文学之梦早已离我路途迢遥,但我至今还经常拿这话来警示自己:书籍,与其成为摆设,莫若全部抛开!

曾在人世某个偏僻的一角,一个深沉的夜晚,另外一位朋友为我描述过东西方两类不同史诗诞生的情境。它们与中亚草原上面的强悍无比的雅利安部落有关,他们于不同的时间侵入不同的文明世界,为此而有了《摩诃婆罗多》和《伊里亚特》等浩大的功业。这种宏观叙述在最短的时间内击毁了我因久浸书斋而养成的狭隘和逼仄的观念,使得我迅速从视觉中惊醒,从而获得了倾听的能力。

人生的意义乃在余裕中证得。清代藏书家叶德辉曾建议曰:"藏书之所,宜高楼,宜宽敞之净室,宜高墙别院,与居室相远。"而我等书生文士如果能有寸土容身,又能够不耷屑一层好书,就早已心满意足了，还何敢存有筑楼藏书的奢望呢！"众鸟欣有托，吾亦爱吾庐"，环顾家中所有，面对人类群体才智结晶而成的生命之芳香，多少光芒收藏其中的书籍，犹若醉酒的夕阳涂满天空一般美丽，我忍不住会发出霍兰德夫人在回忆录中的感慨和赞美："没有任何家具能够像书籍那样令人陶醉。"

这样，即使自己当真短褐穿结，箪瓢屡空，能借此智慧之火，得度一生的茫茫黑夜，必得余裕而晏如也！记得是诗人歌德说过的一段话，大意是，阅读不但没有为我们找到准确的城市，而且还赋予了我们另外一重"国籍"，这个"国籍"有一个独一的名字，它就叫作真理！

书籍正是将吾人导入真理之国的路标，使我们成为真理的子民。

一片飘进我的窗户的叶子

我抵达伯明翰的那天,记得天是热的,虽然这里秋天的气象已经甚为浓郁,我还是把穿在外面御寒的长袖给脱掉,唯剩从国内穿过来的夏天短袖。可是没几天,时令的节奏已经全然不同于中国了,它完全省略了夏末秋初的那段不紧不慢的时光,直接进入秋的深处,甚至是冬初的气象。

我现在住在伯明翰西南位置的布里斯土尔路(Bristol Road)附近,这里有一所专供海外学子或来学术访问的学者居住,名叫阿斯伯里留学生楼(Asbury Overseas House),我住在可以俯视众人的最高层——第三层。估计是面南而居,所以一天到晚都可以看得到阳光——从第一片朝霞到最后美丽的落日皆能寓目,皆能入心。也许我这半辈子,还从来没有这么细细地观察过阳光呢,而且是如此美丽的光。我想,这只有如英国这样的国家,如伯明翰这样透明干净的城市才是可能的，才让人看到、记住并不时回想自然本身的面容。

其实，我是从素有"中国最美丽的城市"称号的杭州来到这里的，但是，我似乎相信，日益嘈杂的杭州，其美丽与这里显然无法匹敌。

虽然我住在城里，但仍然强烈感觉到自己仿若生活在自然本身的怀里。我常有不曾脱离根部的喜悦涨满心头。我的临南的窗户常常开着，从早到晚，所以也就常常与自然的一切物语交相往来。早晨的鸟语和夜晚波浪般的树声都没有错过。我的眼前就是一片片绿地和树木，中间一条小径供人行走，稍远处便是停车处。但即便这样，那些动物们还是自在且无畏地出行，比如我就常常看到松鼠在底下走动。

许许多多的树，构成了树的林子，中间还围成草地。我的窗户因是直接朝向那些树的，而窗户就如一颗心，在敞开，于是，居然就有了一片叶子飘进来。

这是一片小小的叶子，它也许经历过一个或者两个季节，苍翠的容颜已经完全衰老了，有些枯黄。它应该是感觉到了自然物候的节律，也可能充满倦意，于是便由树上自然下来。可是，它还那么小呀！那细密的纹理似乎还远远不曾刻于其心窝，柔柔弱弱的，便服从了某种隐秘的秩序。是啊，如果不曾得到大地和宇宙的整体默许，哪有一片叶子可以独自枯黄，独自凋落？

我知道，这样的树叶，其一辈子实为短暂，它从来不曾见过冬天，也不理解岁月的整体面目，而无数的冬天和无数的年月在它待过的世界上却一如既往地前行。那么，它的到来和离去算是什么呢？意义何在呢？

我因尘缘深执，居然有些伤感起来。

按佛教的说法，人们的感伤大都是出于迷惑，即无明锁住了那颗原本自由的心。万物皆有死灭，唯有通过正见与慧识，人与物的逝去才不会引发那些苦痛，那些或沉痛或轻微的悲哀。

眼下，伯明翰已经进入冬天了，这片飘进我的窗户的叶子带给我这样的信息。我发现在我楼下走动的人们居然穿起了风雪大衣！是的，我读懂了这些信息，我已经生平第一次与提前到来的冬天相遇了。把祝福一一带给我远方的朋友、远方的亲人，还有在我生命的道路上指点过我的可敬的师长吧！当然，还有那些我一直在祝福的陌生人，在此我也不忘给你们以祝福！

是的，祝福你们！

每一幅风景,都是灵魂的一种状态

在钱锺书的《谈艺录》中,我曾读到了瑞士哲人亚弥爱儿(Amiel)的"风景即心境"一语,心中虽略有憬悟,惜乎晦暗未明。我之悲观最初起于西人康德氏之哲言,人处尘间,耳目感官之所触,起心动念之所思,实为遍地迷途,与存在的实然界隔空相晤,却无望相即相入、融溶浃洽,以构成圆满的整体。

一言以赅,皆为吾人身心所障。用我们古人的概念所指,即我们与世界的关系,无非是心物二元,分道而有别途。老庄哲学给我们的教益则是,用精神的知识来解释客观的世界极不可靠,认知的同时就是遮蔽,敞开的刹那即是隔膜。

于此,古希腊人柏拉图的"洞喻"对我的启发便越发深沉。他以为,吾人皆为穴居者,身体是我们的洞穴,心境则是我们的另外一类洞穴,而由之生发出来的所有时空因果、观念思想更是幽微莫测的千年暗室。可悲的是,也许我们永远无法走出这些洞穴。故而能推察的无非是,也只能是实在之暗影、蒙昧之梦境。我们知道,印度的圣者干脆将这个存在唤作"摩耶",直指世界相的虚空本质。

若是沿着这种思路发展,我们所陷入的无尽沼泽终将没及于顶。

正灰心之际,幸而被永恒的"中庸"精神所唤醒,在我看来,"中"就是一个象形字,它象征着对有限与无限之牢笼的双重突破,"中"字那顶天立地的一竖,譬如一石击水,荡漾开来的,都属于时空寰宇维度的世间名相,唯有那个"石头"突破了有与非有,即存在与虚无的界限,突破了时空,不坠于因果。加之东方古老的《伊萨奥义书》(Isha Unanishad)几句箴言的启发,我幡然晓悟:任何生命智慧抵至圆融的境界,必定持守中道,高处立低处行,信守道心,继而以平衡的艺术,行生命的远路。用老子的话说便是"知白守黑,知雄守雌"的精神,而契入的正好是道家的后学庄子所谓的"道枢"。

即便如古奥义书和佛陀圣言,看似高峰对峙,其核心处却仍是高度一致的,皆是"中"字的那顶天立地的一竖,遍及群侪,惠及三界。这令我又联想起"有限与无限"的真义——有限是黑夜,无限是更深的黑夜,内部自我的无限要高于外部宇宙之无限,故其光芒要借助有限的躯体来点亮内外的幽暗。换言之,灵性的黑夜，比起物质的黑夜，更是幽深而可畏。

印度伟大的圣诗人泰戈尔如是云：

你借由我的双眼，观看你自己的造物；又通过我的耳际，静静谛听你自己的旋律。这么做，正是你不朽的欢乐吗？

你的世界，在我的心中编成字句，你再以你的欢乐给它谱成了乐曲。你总是在爱中把自己交给了我，又借着我的生命，来感受你自己那最是圆满的爱情。

他还说：

献祭之行为，让幽深的无限，具备了有限的性质，所以成为真实，于是，我能在其中尽享欢愉。

创造是一种献祭！

于是，一切的迷境都豁然开朗、迎刃而解。各种学科与知识纷纷获得了意义，除了宗教以外，便当以艺术与文学为首，而且，再也没有比此两者更加靠近吾人之身体了。艺术示之以图像与声音，文学示之以语言与韵律，它们都建筑在了短促而无常的有限躯体之上，却昂首天外，其道路通往实在界的目击。虽然它们都显示出了人与世界最不确定的一面，但因造基于中道，一起言说着精神与物质,存在张力的消解,回到了人与世界、人与上帝于种种不确定性当中的相互限制、相互启示,从而构建出人与世界、人与上帝共同的深度。而伟大的艺术与伟大的文学一样,其意义就在于触摸到这个深度并借着形象的语言表现之。

一旦进入生命之极境,我们将会发现造化即心源、心源即造化,二者原本不分、翕合无间,花、看花人以及花的知识,冰解为一体,主客消融。在艺术领域,真正意义上的审美就是这么一种无身份的逗留,莫穷其余味。所有客体意义上的风景,皆成就为主体存在的一种心境,反之亦然。

钱锺书在《谈艺录》中所引用的话——"风景即心境",非但借此得到了印证,而且有了一种更强劲的理由。我相信,借着文学与艺术的援助,人类触及的那个深度就是吾人灵魂之深度,也就是真理之深度。后来,我无意中在另外一个场合,又遇见了亚弥爱儿那句话,只是换了一副崭新的面孔:每一幅风景画都是灵魂的一种状态(Every landscape is a state of the soul)。至哉斯言!

所以,我们借着艺术与哲学,照亮的皆是存在之巨灵。而所有的灵魂,所有的世界其实都是同一位格,都是唯一者的不同化装。究其极而勘入了真际,何尝不是如此呢?

谁将从书籍中惊醒？

博尔赫斯曾把书叫作"物中之物"，大意是，它看似一物，实则物中有精神，是活的精神与心灵。他说："我们把所有的书，不仅圣书，还有其他书，都当作圣典。这是对的，因为我们的工具，人类制造的工具——一把剑、一副犁，只是人手的延长。而望远镜与显微镜乃是人的视力的拓展。但是说到书，其意义要大得多。一本书是想象和记忆的扩大。书籍也许是我们借以了解过去，也了解我们个人过去的唯一的依凭。"下文是十几年前的一个随感，我当时记有一段话："我来到世上以前，它们已经存在；在我离开以后，它们将继续存在。我所做的，就是从生到死的这段距离之中，抗拒生命热忱的冷却、淡漠和遗忘，通过它们来见证存在，触痛灵魂，以及提醒生命的来去方向。"

如果你想了解一个读书人的内心世界，我建议你去看看他的书房，检阅一下此人的藏书，大致上会有个把握；假如你感觉还不放心，那不妨摩挲几日，通过书籍被阅读的痕迹看看他的阅读情况，这情况包括他实质上的阅读路数和阅读质量，那么对他的精神境界——甚至精神品格就几乎可以下一个判断，而且应该不会相差太远。我认为这比从一个人的谈吐举止来判断要准确得多，只要你的心灵足够敏感。

因为从某种意义上说，书房其实就是他的精神内室。你走向他的书房的同时，也就是走向他的内心。不管这人站在何种高度、运用何种辞藻，其秘密大都藏在书房里面。一个人的精神道路说穿了，其实也就是他的阅读之路，这是显而易见的。于是，一些韬光养晦而不愿他人步入自己内心的人，是宁愿不藏书，或者把它们秘密暗藏，也不愿袒示于他人的。听说钱锺书先生家里就是不藏书的，我表示理解。同样，一个不率真的人，也是不会轻易向他人泄漏自己的读书路径的，尤其是某条重要暗道，那里藏着几本构成他一生的思想基石的书。所以，我一直有一个雄心，想写几部特殊的传记，我把它们叫作精神传记，是以传主的不同生命阶段的重要书籍来解读人类伟大思想成长之秘密。只是担心工程过于浩大，至今心存怯意，未能动笔。

由于书房里藏着其主人全部的思想肌理和内心的隐秘，所以，书房也就是一个人骨骼步步壮大和精神信念逐渐生长的场合。如果有机会走进一个前辈学人的书房,这一特殊机缘对年轻一代生命成长的促成往往至关重要。如童年萨特曾偷偷溜进他祖父的书房,眼见满壁满墙砖头大的书籍,虽然还不晓得书中夹藏着何等事物,但小小心灵却像风帆一样地鼓满了敬畏,并隐隐觉得自己的一生也将会与这些书籍发生联系,宿命如约而至,仰头覆盖萨特此后的人生。

许多年以前,我便已经意识到,自己此生无法摆脱平庸的命运,在人生的舞台上,在最黑暗的某个角落,生命之火静静地燃烧,然后静静地熄灭。一切无法阻止,一切也无法挽回,不会有什么大事临到我的身上。所以,拓宽生命的边界,增强人生的意义,唯剩阅读一路了,自己可以像个僧侣团成员,享受着智慧的盛宴。通过阅读,我曾经将自己的触角迎向许多敏感的心灵,我还找到了超越时间的道路。

由于我对阅读有着无比的热爱和崇仰,所以我讨厌被人唤作藏书家,甚至可以这么说,我对生活的相当一部分热情就来自对伟大书籍的阅读期待。它们通常藏在过去,而魅惑之力却把我牵往未后,它们在时间的后头,伸出一只未来之手把我牢牢抓住,使我鼓起生的意志。所以,藏书与我无关,我只跟阅读有切肤的疼痛、刻骨的联络。

但是,话要说回来,就生命智慧的收益而言,读书其实还是退而求其次的事,一个真正有悟性的人,是可以直接师承天地的,直接领受大地的哲学和万物的启示。道法自然，直接置身于天地之间，万物都会把自己的秘密毫不吝惜地倾囊相授，滔滔不绝，诲人不倦。但一般说来，老子的这种智慧无法临幸后人，因为我们的生活已经面目全非，与自然之间也隔着太多的障碍物，而且这些障碍物大都以其文明的产物的名义获得存在的权利，牢不可破。所以自然已经不再自然，自然也躲开了今日的生活，躲回到圣人的嘴巴和内心：最多的智慧被古人用沉默把守着；偶有一些言论散落到书籍里面，才有幸被我们保存。所以只有通过阅读，面见古人——只有面见前圣先贤，才能一洗我们内心长久的不满和积垢，才能赤子一般地与自然重逢，除此之外，已经别无他途。

在阅读和创造性的领域，速度历来是天才们的事业。当十六岁的霍夫曼斯塔尔已经写出了一生中最漂亮的诗句，思想成熟得像一个百岁老人；当十九岁的兰波已经完成了他生命中的所有杰出诗篇的时候，试想，还有什么样的伟大事业能够激动他们那颗不安的心灵呢？看来，唯有弃去精神的探险，做一名海盗或者军火商这等生命的真正探险者，才能约略满足一点他们的内在饥渴，使之像风一样地燃烧自我的生命！这些过早到达高峰的天才，也预示着生命中的某种捷径。他们必然有着超常规的路数，才能轻而易举地抵达终点。茨威格在他的人生自传里说："到了中学的最后几年，我们在专业判断和文采斐然的表达能力方面，甚至已经超过那些著名的专业评论家。"

唐代大儒韩愈也云："弟子不必不如师，师不必贤于弟子。"看来，从这些深入生命堂奥的人的话语的一致性当中，我们可以隐约得知，成长路上必有某个秘诀，使得少年迅速超越侪辈，挤进伟人的队伍。这个秘诀使得他们起点很高，路数很正。它就是：不要把时间浪费在平庸的读物上面。它可以用两个人的话来做一分为二的解读。第一，是爱默生的话："不超过五十年的书不读。"这话是从读书的消极面来讲的，它的"不读"为我们的生命赢得了时间。第二，是熊十力的话："经是常道，不可不读。"此语才是我们所云的秘诀，却很少有人去真正实践，去行履。但一定是天才成长的必经之路！

时至今日，面对莽莽苍苍的无数经卷，如果有谁敢现身断言自己的言说便是真理，那么此番言说已显得十分可疑。在此，我不想否定他人的确信，更不想让自身也陷于言说的泥潭之中，可是不妨重复斯宾诺莎的珠玑之语：无论多么伟大的言说者，也仅是真理乐海中的一个声部。很多个无眠之夜，当我的清醒和我的睡眠进行激烈的对抗，使我身心俱疲之后，我在我的书房里，就像躺倒在无边的森林中一样，我分明听到了无数的生命在书籍纸张中滋长的声音，我的目光一一掠过佛陀、老子、耶稣、莎士比亚、但丁、卡夫卡、福克纳、柏拉图、列夫·托尔斯泰……他们齐整地肃立一旁，悄无声息。我突然悟得：这些夹藏在纸张背后的伟大魂灵，也仅仅是林中一束束花蔓，它们馥郁的幽香唯有依于生活和我们人类共有的人性土壤才得以现身说法。

随着时间的流逝,有一点事实已经变得越来越明确,那就是:终我此生,亦无法阅毕自己的藏书。何况书还在不断地增加,何况还有无数的图书馆在张着巨口诱惑着我。在末后的日子,纸张形成的汪汪大洋在继续上涨。庄子曰:"吾生也有涯,而知也无涯。以有涯随无涯,殆已!"其实,我们从古人阅读的仅有的几本书中却提炼出诸如《庄子》《中庸》等如此饱满的智慧,就可以得知无数的书籍是可以一把火焚毁的,毫不可惜。而且,这种无知的低首阅读将很可能是终生的迷途,从许多智者的箴言中我们已经得知:宇宙的一切信息早已藏于一己之身。生命到了一定地步,必须向内走,而不再是向外寻索。所有有效的向外的道路都将筑就通往内心的桥梁。某一天,我们从书籍中走出,也许就会像一个梦中人从酣眠中惊醒一样仓皇失措!

孔子会得救吗？

曾经在香港中文大学关于宗教哲学的课堂上，众人居然论及了非基督徒的孔子、苏格拉底等人的得救问题，大家议论纷纷，有不少的人皆说："按照基督教的教义，他们是不得救的。"我当时心想，如果是这样的话，如果这种教义是正确的话，那地狱里面就应该充满了无数的圣贤，也确实如诗人但丁在《神曲》中所描述的那般。也或许如古代的那些雅典人劝告第欧根尼一样，他应该加入神秘的宗教派别，这样，他就可以在来世生活中享受无上的特权。"这太可笑了，"第欧根尼说，"你的意思岂不就是说，真正有美德的人将永远陷于哈德斯河，而匮乏美德的人则会快乐地住在至福的群岛，只因他们加入了神秘的宗教派别？"

其实，这里有两个概念尚需要澄清，一是得救，二为天国。

普遍启示在人间，特殊启示在人心。万国皆有万国自己的律法，万民皆有万民自己的良心，就此而言，一种宗教的教义与神学是不重要的，不宜因某宗教之教义而来论断一切人，以及论断一切人的得救与否，而是要凭着信心、爱和慈悲。因教义是从信心、爱和慈悲而来，而不是相反的。

得救，自然是就灵魂而言，肉身的毁灭是注定的。而何为得救？很简单，指你离开此世的灵魂是平安的，是无亏欠、非执溺的。换言之，即对此世没有贪恋和憎恨，收支有大大盈余，有喜乐。没有罪愆，没有亏负，灵魂就是平安的，就意味着得救。死和不得救，是因罪而来，而不是教义。

按照基督教的《圣经》，亚当的罪是离弃神的道，他要得救就必须清洗掉这种亏欠，以消除罪业。于是这个尘世就成了他洗清灵魂的预备，重返乐园的漫长路径。这也意味着尘世是苦难的渊薮，是涤罪之所。完美不会在尘世发生，而只是在内心的某个居所发生，因为这个居所不落在这个尘世，而尘世却由这个居所得以显现。

若人带着不执着的心，努力地在尘世行神圣者指示的道路，说美好的话语，时常记念善行与善知识，那么，这个世界会帮助人得救，否则只会使他坠落得更深。亚当的命运是所有人的命运，从伊甸园下来的亚当，就是我们所有的人类，在伊甸园生活的亚当，则是我们本来的身份，伊甸园就是跃出这个尘世的居所，也即天国，它不是一个彼岸之处所，而是深藏在心中。耶稣说得很明白了，"神的国来到，不是眼所能见的。因为神的国就在你们的心里"。

而就其品质而言，天国就是内心的平安。这样，我们就可以来谈论孔子、苏格拉底的得救问题了。

首先，这些圣贤是受启示的人。因为启示在人间、在尘世是普遍的，是无处不在的，没有时空可以阻挡，阻挡这种启示的遍在性。基督教的先知与其他民族的先知在这一点上，有一样的权柄，他们共同为这种普遍性的光做真实的见证，因为"那光是真光，照亮一切生在世上的人"；使徒保罗亦云："在以前的世代，他任凭万民各行其道，然而为自己未尝不显出证据来。"

而供我们参考的检测凭证，除了他们留下的大量教诲和思想外，更可以从他们对肉身之死的坦然中知道、明白其灵魂的安定。苏格拉底临死以前在谈论灵魂，这就是伟大的《斐多篇》，它的伟大在于它确认了安定和不执就是得救之道。他是自己喝下了毒酒而死的，喝不喝毒酒不是关键，问题在于安稳与否。他说："我死了，你们活着，究竟孰好孰坏，只有神知道。"

孔子则是"未知生，焉知死"的行动者，相当于行动瑜伽的修行人；他不追究死后，是因为他明白灵魂的得救，完全在于此世业力的涤除，此世的质量决定死后的平安。他不贪恋肉身，面对死是无比安定的。他说："朝闻道，夕死可矣！"其基本态度可见一斑：什么时候死并不重要，重要的是死前的彻悟。而且，我们在他的流亡途中，完全可以看出他的安定与安详。他多次面临危险，他"再逐于鲁，伐树于宋，削迹于卫，穷于商周，围于陈蔡之间"，无论何等情境，都显出了从容与淡定。譬如最著名的陈蔡之厄，他的亲近弟子都心生不满，方寸已乱，而只有孔子，一直弦歌不辍。若是没有对灵魂得救的满满信心，这份镇静是不可能做出来的。

犹太人的先知大卫云："谁能登耶和华的山，谁能站在他的圣所，就是手洁心清，不向虚妄，起誓不怀诡诈的人。"故孔子和苏格拉底如果不得救，常人更是难以得救。不管你是基督徒，还是非基督徒。

先有鸡，还是先有蛋？

这些日子，于春天里生成的光，美美地照在了人世上，令我在城中的道路上行步时，许多思想的迷局常常自发涌出，在我生命里激荡。最近，我便常常想及一种逻辑的怪圈。

譬如生与死的关系，它们总是被一种逻辑建构起来，然后兜着圈子走，永不相会，故有古希腊哲人伊壁鸠鲁式的坦荡："我在的时候，死不在；死在的时候，我不在。所以，死与我无关。"故无须害怕。这里有清晰的三段论，甚是传神，对此，隔着无数岁月的哲学家维特根斯坦亦有一种积极的回应："死不是生活里的事：人是没有经历过死的。"他们均以为，人是无法经历自己的死亡的，和死亡相关的，往往只是人们的思想，而在人们的实际生活中，所有对死亡生出的恐惧，也只是阻挡了生活，而不会阻挡住死亡。这里当然是有洞见的，但要么受制于唯物论，要么受制于经验论，毕竟有其天然的限度，无法穿透到其对立面去的那种深邃，终不免于浅薄。

后来，我又思考另一层义理，其范畴涉及真与假的关系，我们的常识中布满了类似的循环论，互相兜着圈子，永无止境，如清人曹霑在《红楼梦》中之箴言："假作真时真亦假，无为有处有还无。"真假的分道行走，如同在尘世上捉着迷藏、玩着无穷尽的游戏。其实，一旦真的明了中国人最圆熟的智慧，无论是直接从《周易》入，还是从里面开出的儒道精神入，甚或能慧解印度吠檀多不二论的真实妙义，便可参透此中的机蕴所在：俱是二元论在作怪。

在吠檀多的哲学里面，最喜欢这么一种譬喻，即绳子与蛇的寓言：暗中有一绳，见之仿若蛇。当未有真实之见地，误绳为蛇时，便是畏惧、便是心慌，主观化的意识，替代了客观纯然之存在。而当见地清朗之际，绳只是绳，蛇无非是幻，便心中平安，满有自在，主客一契，就入了一真法界。

若蛇为假，绳是真，蛇即是绳，则此处之秘要是：真非在假之外，即，不是真外别有一假，现作两物，而是真假原本即为一物。所谓假象者，只因心识的妄想而起了念，造就了一座幻城。但幻城之出现，并不碍于实相之本然。若是再进一步，则就认识论来讲，我们还可以说，真的起点，恰是启之于假之为假。假之为假即是真，无作无时即为有。认识到虚幻即是虚幻，真理之

033

幕亦已开启，无须另外找一个真理来证明它自身。

如是便解决了真假有无的问题，于是乎，还一并解决了生与死的问题：放开大心量，便能探明生死是一物，而非二元性的存在。庄子之言，实在半句不虚，以死生为一条，以昼夜为一类，以可不可为一贯，唯此，"解其桎梏，松其镣铐"。

诗人泰戈尔在《吉檀迦利》第九十五首说及生死的时候，云：

是的，就是这样，在死亡里面，这同一位不可知者也会以我熟识的面容出现。因为我爱上这个生命，我知道，我也一样地会爱上死亡。

当母亲将她的右乳从婴儿的口中拿开，他号啕大哭，但他立刻又会从母亲的左乳，得到了属于他的那一份安慰。

生死是一体，是神圣母亲的两种滋养，即是同一存在的不同面容。

在佛教里，常言"烦恼即菩提""生死即涅槃"者，其真精神也在这里，是不二论的高妙洞见。禅宗最喜欢讲当下，讲当下的明心见性、见性成佛，故"无明"（Ignorance）与"觉悟"（Enlightenment）的本质，亦是非二："无明"，指的是我们自身心智的造作，而"觉悟"，则代表此造作心的寂境。所论尽是不二的关系。慧能大师还说："即定之时慧在定，即慧之时定在慧。"即定慧不二，止观一如。

在人类的历史上，确实有一些异人，他们直抵灵魂的原点，在精神的领地，不绕任何的圈圈，不丝毫假以辞色，无有一丝的妥协与退让，令人惊悚。他们基于大智慧的神勇，如同悬崖飞奔，无畏无惧，倏然撒手，却又心定如初，譬如印度的八曲仙人之谓也。

而实际世界的参差多态，并不因为参悟的觉境而彻底消解，故而尚需一份入世的圆融。我们所理解的中国之道家精神，便是极真际而不弃实际，知常道而明变道者，所谓"常知稽式，是谓玄德"。道有本末，知其先后，原乃哲学之本分。如老子的"知白守黑"，与西人海德格尔"知其（所）是，守其（能）在"，理路相通；复如老子所云："贵以贱为本，高以下为基。"此是真际不弃实际的明确宣示。或曰，就文明的高妙、高超、高明而论，纵然让人生出了无穷的敬意，但是，尚需警惕一种没有根基、没有存在意义的灵性的沉沦，恰似德国哲人尼采所揭出的形而上学之窘境。他的喻象是："众星在他周围闪烁，而大地却渐次沉入深渊。"用诗人的话来说，则是："我有群星在天上，但是，唉，我屋里的小灯却没有点亮。"

一旦懂得了不二论，必定会懂得平衡的艺术，无论是善恶，还是有无；无论是天人之间，还是此岸与彼岸之间，生命自身的平衡艺术，即是生命自我摆渡的艺术，它行止于两岸之间，非偏非倚。唯是致力于根基之纯粹,那神奇的造化倒是于斯才得以发力,转眼之间,你或许已是轻舟远扬,臻入言语道断之真生命的妙境界。

在印度,有一句流传了很久的至理隽语:"没有此岸和彼岸,一条河的两岸,在其深处,原本就是相连的。"而永恒的主体,不灭的存在,必须是触及源头的深度,否则,毕竟还是身处甘达尔瓦(Fata Morgana)的神话之城。

我的开心在于,虽然明白了"鸡与蛋"是不二论的关系,但同时,还在"先有鸡,还是先有蛋"的人世循环中参究,时常还乐此不疲!因为,"超越心智的对立之后,你就变成了一个很深的湖。生命中的外境,和任何发生的事件都是湖面。湖面会因应循环与节气的变化,时而风平浪静,时而狂风骤雨。然而湖底却始终纹风不动"。

而你,不但是这个湖面,同时,还是这个湖底。

作为人间究竟之道的《道德经》

老子的出现，是中国文化史的一道奇迹。在人类之中，他的存在就像黄金藏于瓦砾、飞龙潜于群蛇一般神奇！这种奇迹甚为罕见，以至于令具有强烈实证主义精神的大史学家司马迁颇为为难。在"列传"中，司马迁一反滔滔不绝的常态，语言显得摇摆不定，记录变得模糊不清，如"或曰儋即老子"，又说"或曰非也，世莫知其然否"。最后只好无奈作结——"老子，隐君子也！"

幸亏他为我们留下一部《道德经》，否则真的无从证实一位绝顶高人当真曾生活在我们中间。相传老子修道德，著书上下篇。最古老的版本有：楚简《道德经》、帛书《道德经》甲乙本、傅奕本。历代对《道德经》的注释则不计其数，其中重要的如河上公本、严遵本、王弼本等。至于《道德经》被翻译成其他语言，据有关权威人士统计，世界各国译本最多的古代典籍，除了《圣经》

以外，就是《道德经》了，而我们知道，《圣经》的译本之多，无疑乃得力于其强大的宗教传道背景，至于《道德经》一书的流传却完全是基于各国人民对于老子发自内心的崇仰与纯粹的哲学喜好。早在我国唐代就有了《道德经》梵文译本，译者即著名高僧玄奘法师，自此而后，《道德经》就在全世界开始流传，就译本而论，如今光欧洲就已多达六十多种。其总发行量更是无法做出准确估计，沾溉、嘉惠士林的功德亦无从估量，但我们可以肯定这是最早全球化的伟大典籍之一。

用英国著名学者、伦敦皇家学会会员李约瑟博士的话说，《道德经》可能是中国古文献中空前绝后的"最深奥、最优美的作品"。故而对它的解读也是异彩纷呈。光是其"道可道"的首篇就有无数的诠论与解释。

《道德经》作为成功走向世界的古代典籍，殊非无故。它阔大的气象能够含摄全球化与多元化时代不同文明的各种维度与极性，而不会有太多的时间、地域与文化上的障碍。这是令人很惊讶的事情，所以当我们涉入越深，则越对老子所抵达的精神深度情不自禁地加以叹美。

我们知道，老庄哲学是中国艺术精神的根本源头，对历朝历代的无数画家、音乐家与诗人产生过重大影响。但我们也不要忘记，由老子精神而来的道家与道教也是中国科学身体力行的探索者与实验者，它甚至是人类历史上少数可以与现代科学精神握手言欢的哲学体系。正如李约瑟博士在其《中国科学技术史》第二卷中引用冯友兰的话云，道家是"世界上唯一不反对科学"的神秘主义。

冯友兰这话显然有些武断，或许他未曾比较过印度的原始佛学与吠檀多哲学，尤其是后者，其基本精神与道家惊人地一致，对于宇宙存在的探索与内在自我的探索乃齐头并进。而一些根本思想更是不约而同、不谋而合，譬如吠檀多的核心概念"梵"与道家哲学中的"道"，吠檀多的"不二论"与道家的"天地与我并生，万物与我为一"的齐物精神等，这种不同圣者在不同地域的思索结果正应了宋儒陆象山所谓的"东海有圣人出焉，此心同也，此理同也。西海有圣人出焉，此心同也，此理同也"。正如道家的思想源头是《道德经》，而吠檀多的哲学源头则是"奥义书"。就某种意义而言，《道德经》正是孤篇传世的汉籍"奥义书"。

作为同是对"宇宙—神—人"多个维度探索的作品，奥义书与《道德经》的一致性为我们开启了对于时间的思索，那就是"凯洛斯"（Kairos）。时间不但具备量的维度，而且具备质的维度，老子时代正是世界不同文明与智慧大爆发的时代，这已被德国哲人雅斯贝尔斯唤为"轴心时代"。那不仅是某种文明的个别行为，而且是所有伟大文明共同觉醒的时刻：中东有以赛亚、杰里迈亚等先知在传道，伊朗有琐罗亚斯德在沉思，而私遥远的古希腊，以弗所的赫拉克利特在冥想逻各斯的神秘运行。而其中，唯有老子是奇迹般地诞生于中国，五千余字的《道德经》凭其不可穷尽的深邃义理傲视群雄。

当年海德格尔听台湾一学者初次介绍《道德经》中的圣言，就格外喜爱。在表达其存在主义哲学体系时，他曾于多个场合直接引用老子的原话，无论是书信，还是发言，甚至在其书房中还悬挂着《道德经》十五章中的一段话："孰能浊以止，静之徐清？孰能安以久，动之徐生？"并且作为对存在有深入思考的哲人，他也深喜老子"知雄守雌，知白守黑"（第二十八章）的中道恪守之精神。

总之，老子的《道德经》是一部经得起历史的淘洗，在不同时间、不同地域都具有恒久价值的智慧之书，人类因它的存在，而望见了精神高峰所在的重要地标，如同沙行遇泉、夜行获灯，而在生命的道路上增添更多的勇气，更多的耐心，不至于迷失在漫漫途中。它不但是第一轴心时代的资源，也应该是第二轴心时代的重要精神资源。

故此，它的译本虽所在皆多，但每一种翻译都以其精神的登高而拥有其意义，杰出的译本则更是旁人借着攀缘的优秀脚手架，人们可以缘之而上，一旦抵达，则"云在青天水在瓶"，再无挂碍，再无畏怖，书籍和语言也一并弃下。

记得美国学者雅各布·尼德曼（Jacob Needleman）在冯家

福的《道德经》译本的导言里提及"道"这个词难以用外文准确传达时，半开玩笑半认真地说道："我更想指出的是，非但是关于'道'这个词，实际上整部《道德经》都不能被译成任何文字……其中也包括汉字！"当然，就此而言，老子本人已经表达得比谁都清楚：我所要说的，是我所不能说的！

在此一语境之下，则所有译本都与原文获得了同等的言说权利。

真实人生，勿被虚假智慧架空

在《论语·子罕》里，有一段对话，是太宰与子贡的对话，大致是赞叹孔子的圣者气象，是如此完美。太宰发问道，夫子他为什么是如此完美，无所不能，无所不知的呢？子贡对老师的浩瀚气象自然是深有体会的，于是便回答："固天纵之将圣，又多能也。"一个人到了孔子的这个境界，谁都会觉得他的生命是如此之非凡，如此之自在，所以一定是天纵之英才，智力上卓尔不群，故而且圣且哲且多能，子贡就是这么认为的。

但这些人毕竟或是隔远了的外人，或是偏于年轻的门人，他们当然看不清藏在孔子生命里的全部岁月，他们只看得到成自由的果，而看不见得自由的因。印度瑜伽圣者斯瓦米·辨喜曾在《千岛语录》里面说："永远不要忘记，只有自由的人，才有自由的意志，余者尽在束缚之中，他们尚无能力为自己的行为负责，其意志之为意志,还在牢笼之中。当冰川在喜马拉雅之巅融化,彼时,它是自由的,但是,一旦它变成了河流的时候,它就被河岸所限。然而,原初的动力会把它送往大海,它就重新臻获了自由。前者是'失乐园',后者是'复乐园'。没有一粒原子能够安于不动,除非它找到了它的自由。"

人们也只是看到了成为大海阶段的圣人孔子,而没有机会目睹那还是河流,甚至小溪时期的凡夫孔丘,在艰难地走向自由。

当然,孔子深知自己的人生,是怎样由"志于学"的艰辛,到"从心所欲"的自我历程。他清楚诸人既已来此世界,都是射出去的箭,一旦自觉不够,又不习于行解,以求解缚,便仿佛自以为真能做主似的。凭孔子之真诚,他从不以圣人自封:"我非生而知之者,好古,敏以求之者也。"因为这里藏有一段黑夜行路的个人心路与岁月。所以在《论语》里,当孔子听到子贡的汇报后,就对子贡明说道:"太宰知我乎?吾少也贱,故多能鄙事。"

当然,常人总是忽略那些"少贱能鄙"的过往历程,那些曾经的艰难时刻,而总是希望直接拥有最后的圆满,故总是容易下一些轻佻之结论,譬如"当下圆满"或"活在当下";或者干脆说"别执着,请放下"。殊不知,一无所有的乞丐是没有权利谈放下的,因为他本来就处在既没有圆满更没有当下的境地,他只有一个尚可期许的未来,指向哪里便奋斗到哪里,以赢回一些当下,譬如当下的闲暇、当下的自由;而即便如此,彼种自由与闲暇还

043

是不稳定的，十分奢侈而短暂，因为，那过往的业力之箭，其势未衰，所以他还得继续与命运周旋，与之相搏，以了解自己的真实面容，以求得天命的开解。

今天，正好看到了一段话，大体是说"人生是一场马拉松，不必从小就跑赢"，这话其实是很棒的态度，也很有魅力，在人生的道上，最后把马拉松跑成了优雅的散步。

然而亦须小心，它不经意间容易消解生命当中的某种紧张、艰辛与严正，而这种严正不是靠忽视与不顾，就可以让它不存在的，因为毕竟那也是构成天命的一部分；不按照它的力量走，你跟一切都不会有真正的和谐，除了自欺与骗世之外。一言以蔽之，当你还是虚假的，你是遇不见真实的平安与当下的。

再回到那段关于"马拉松"的话，我说了，这话原本是不错的，但关键是，能不能轻松自在与优雅地散步到最后。

其实，常人的生命大体是这样的，包括愿意以常人自居的孔子：一开始，人生的标准必然是他人与社会给定的，因为你的弱小；后来，人生的标准很可能是自己与社会相互磋商的结果，那是因为你有了一定的自由；最后，人生的标准是你自己给出的，因为你找到了你自己的中心，是你的强大给出了你的意义，借此而拥有了闲暇与优雅。然而，我们需要知道的是，这个过程来之不易，里面有一段任何人都看不见的人生，那正是你自己内在世界里面的节节开花。

所以，我的一个学生说出的这样一段话是非常富有洞见的："你必须非常努力，才能毫不费力。首先必须无不为，然后才有可能进入真正的无为，真正的自由与自在。"老子的"无为而无不为"这句话是圣人的逻辑，而常人的逻辑则应该要倒过来说，乃是"无不为而无为"。道理一旦明白了，其实就剩下行动了。在这个世界上，那些没有行动力的人，最没有资格来评判别人的奋斗与有为，到底是有意义，还是没有意义。因为，意义只发生在行动者自身的命运里边。

所以，自由的获得，其实是人和自己命运的一场精心博弈，等到最后，认清了命运，随着"知天命"而来的，自然是"耳顺"和"从心所欲"。这就是太宰和子贡所赞叹的"天纵之圣"的孔子境界，彼时，命运的紧张感与严正性已经被瓦解了，诚如印度谚语所云："到达或体验过大界之人，无有命运可言。"

梦与觉

一觉醒来,所有睡眠中的梦境都消失了,彻底消失无踪,这是何等神奇之事!梦中的人,梦中的物,整个庞大的梦中世界,都消融不见了,于何处生起,又于何处消失,这都是无比深邃的谜。

曾有一位寻道者,他一直在为真理显现的那一刻恍悟而准备着,却一直没有发生。他曾长途跋涉,抵达了某个异地的城,在黑夜中他遇到了一位小孩,那孩子手中提着一盏灯,这位寻道者已经完全疲倦,他很高兴这个孩子手中所持的是发光的灯,于是不禁问道:"孩子,这灯火是从哪儿来的?"那孩子答道:"你看吧。"他一下子"噗"的一声,就把灯吹灭,然后说:"它到哪里去了,它也就是从哪里来的。"就在这电光石火之间,一道内在的强光打到这位艰难地寻找真理的寻道者心中,他曾经苦苦追寻，现在却当下觉悟，种子开成了花。

其实，我们所生活的现象界何尝不也是如此。从表象上看过去，它是那么地真实，那么地具体，那么地活色生香，似乎无比坚固地存在着，这些纷纭之万象，这些无数之纠葛。但是，对于觉悟者而言，这一切却无非是虚幻——"醒来空空无大千"，"本来无一物，何处惹尘埃"，在黎明的光芒中，在顿悟的智慧中，消融为一无所著的空性。

但是，这里还有一个事情需要判明，需要注意，即切勿因现实的绝对摩耶属性而大意，而忽视它的威力，因为人类所有可能的进化与意识的突破，都发生在这里面，除了这个眼前的无常现实之外，再无别的世界可以攀缘，助成我们的觉悟。而且，迷悟之间的觉知是连续的，即做梦的人与醒来者，虽然天地翻覆、江山重组，但是，那个明明之觉知，那个观照和目击者，却是连续的，是同一个意识穿越了真妄和虚实之间的界限，那是沟通两界的意识主体。而按照圣者所言，如果不曾真正觉悟，则与此意识相联系的情感和种种心识也必尾随而来，形成巨大的业力的锁链。这是意识在生命途上的一种长征。

譬如说，明明是虚假的梦境，但是梦中的恐惧和喜悦却是如此地真实，梦中的痛苦对我们的灵魂甚至身体也照样会发生真实的影响。一句话，业力是可以穿越不同的世界和维度而起着持续性的作用。

故此，也许此世就是另外一个层面的梦境，而这个梦境里面的所有，还会以业力，或者以其他的某种隐秘心识延续到与此梦境不同维度的他界。也是因为如此，我们此世的所有行、语、意等羯磨皆须小心，要谨慎持守，以圣洁的意识，来净化和贯串自己的行动——它可以延续到还未显现的世界，作用着我们更为精微的身体。

我曾在庄子的《齐物论》中读到一段话：

梦饮酒者，旦而哭泣；梦哭泣者，旦而田猎。方其梦也，不知其梦也。梦之中又占其梦焉，觉而后知其梦也。且有大觉而后知此其大梦也，而愚者自以为觉，窃窃然知之。君乎、牧乎，固哉！丘也与女，皆梦也；予谓女梦，亦梦也。是其言也，其名为吊诡。

圣愚同处梦境，这是一致的，而其间的唯一差别，就是他们的觉知层次的不同，即前者梦中知其为梦，而后者虽在梦中，却以梦为真实境界。正如《小河水奥义书》所云："意识的不同造成了智慧的差别。"圣愚于此开始了分途。而且往深处讲，所有生命的一切，皆是梦境，恰恰对这一点的觉察，构成了通往自由的独一无二之法门。虚空粉碎，大地陆沉，真实的境界顿然显现，无明实性即佛性，幻化空身即法身。觉察此际之人，便是真人，他们能够照亮灵性的黑夜。在印度文化里，这样的人唤作"古鲁"

（Guru），即黑暗的摧毁者。

最近，在浙江的温岭，与一些朋友在谈论吠檀多哲学之摩耶概念时，亦曾涉入对摩耶所具有的无穷幻力之剖析，我曾记有一语：

如同不断涌出的梦境对梦者的约束。人们在梦中受伤，在梦中中毒，在梦中被老虎追赶，在梦中生了重病近乎病危。于是在梦中痛苦，为了解决这些痛苦，他们又在梦中疗伤，在梦中寻找解药，在梦中练习打虎的能力，又在梦中盼望良医。其实，不但这种种病痛、折磨与伤害都是梦的一部分，是虚幻不实的，是摩耶世界，而且，其所有的对策与解决之道亦是如此。唯一能够一劳永逸地解决梦中痛苦的法子，便是苏醒过来，别无良方。其实，梦中还有快乐与幸福，只是在这种快乐与幸福中，人们通常会贪爱，会成为最死心塌地的逐梦者。唯有噩梦才会促人惊醒，所以辨喜认为，每一种苦难其实都是受过神的祝福的。

美不是存在,而是发生

《庄子·秋水》的结尾,就是著名的寓言——"濠梁之辩"。关于这个"子非鱼,安知鱼之乐"的辩题,在中国的学术史上已经争辩了两千多年,而其所论辩的进路,大多是从思维的方式着手,稍微晚近一点的则借助于现代西方美学理论来比附,比如著名的美学家朱光潜先生,就特意写过这方面的文章,而且在生命的不同时期多次论及。其实,就思维方式来谈美学现象,还是一种比较浅表的理解,我们在这里不妨在一个较深的层面来谈论,这就是意识层面。

原文如下:

庄子与惠子游于濠梁之上。庄子曰:"鯈鱼出游从容,是鱼之乐也?"惠子曰:"子非鱼,安知鱼之乐?"庄子曰:"子非我,安知我不知鱼之乐?"惠子曰:"我非子,固不知子矣;子固非鱼也,子之不知鱼之乐,全矣。"庄子曰:"请循其本。子曰'汝安知鱼乐'云者,既已知吾知之而问我。我知之濠上也。"

首先需要注意的是:美不是一种存在,而是一种发生。如果我们说,美是"存在",那是指"发生"之后的"存在",此存在非彼存在,它仅是第二性的存在。所谓"存在",原指的是自足的,不依赖的"无待"之状态,而"发生"指的是与意识相遇之后的某种显现,而且这种显现发生的地方正是在意识里面。

美正是如此,它只能是一种发生,它有待于意识之光的照亮,幽谷中的一株幽兰对于我们是无意义的,因为它没有经过我们意识的照见,所以它是存在还是非存在,其实并无区别,此时美却必定是不存在的。

当然,它可以作为物质的实体存在,而不是作为美的实体而存在,两者是有区别的。其实说美的实体是不准确的,美本身就是被决定的,属于有待之物,非自足之物,谈不上实体。只有意识参与进来,才有美丑与意识现象,也就是说先发生了,而后存在。这是一个次序,前提是意识,然后是发生,最后是存在。

为什么不说前提是客观之物呢?

因为:一、物仅仅是被照亮者,它不是决定者。二、意识可以以自身为对象,即在物质实体不存在的前提下,照样可以发生美。而且，就美而言，这种以自身为对象的美才是最高的美，即意识照亮了意识，也就是"自我的知识"。

意识是启示的源头，美不是全部，只是其中之一。意识可以让物质流动起来，如同让死者复活，让沉睡者苏醒。空谷幽兰是死的，是沉睡者，人的到来，使得一切发生了，意义得以展开，所有落入意识的一切，都恢复了生机。美，因此而诞生，在此以前，美是不存在的。

于是，就很自然地出现了这么一种逻辑，即既然美是依赖意识的，那么不同意识状态，就决定了不同层次的美。而人的意识层面是不相同的。于是所有同等的事物，在不同的人面前就呈现出了不同的面貌，意识越强，光越强烈，则被显现的也越多。对于常年处在无意识当中、昏睡一般的人来说，自身亦如木石铁器，美几乎是不存在的。因为他与不具备意识的物并无多大的不同，他处于物中，如同物处于物，故美无法被照亮。而开悟者，比如佛陀或庄子，则无时无地不处在大美之中，宇宙的美以最大程度的可能向他们敞开，向他们释放并倾泻而出，得以全然地呈现。这就类似于极乐状态，狂喜状态，出神入化状态，被无处不在的美所包围，所融解。

相对性是存在的，但相对主义却是愚痴，一切取决于意识的层次，《齐物论》谈的其实就是意识的层次，而不是什么相对主义。

庄周和惠施之间所发生的"濠梁之辩",其实谈的不仅仅是对象——鱼,更重要的是在谈主体——意识,谈两个意识不在同一个层面的人,对同一物的不同感受。一个开悟的人,任何事物都会透过他而活,也因他的光而充满了光的气息,美是从中生发出来的。事物中的所有隐藏都得以显现,这是以前从来没有过的,他周围的一切都开花了,通过他。

于是,庄子之"知鱼之乐"就很清楚,他是一个觉悟者,而惠子只是一个逻辑学家,庄子所感受到的生命真实,惠子感受不到。庄子的意识可以全然地融入万物,而惠子则不能。其实庄子不但知道鱼的快乐,甚至能够感受鱼的快乐,以及万物的快乐,因为这一切发生在他的意识里面,而不发生在鱼那里。

所以,这只是一种发生,而不是存在,只能发生于意识的层面,惠子的意识没有准备好,自然无法感受。对于意识层次较低的人,高层次的美是不会与他相遇的,这里面有一个匹配的问题。对于尚未抵达者,也就无所谓发生,对他而言,仅仅见到实体的鱼在游动,这是物理层面的感知,快乐、激动、出神,甚而狂喜等美学情绪并不存在。而实体的存在不等于美的发生。

这种存在只意味着实体,而美则意味着生命,这是发生之后的现象。庄子即便给惠子讲再多的道理也没用,因为对盲者讲光明的知识,他仍然理解不了真正的光明究竟是怎么一回事。知识的光,不是光本身,正如知识者,不是经验者。当他自己开了心眼,成了明眼者,那么光就发生了,自然而然地发生,这就叫作水到渠成,也叫作果熟蒂落。

美,像是从未知的源泉倏忽临到了人间,它只喂养一部分的人群。这真真是令人可惜的事情。面对于存在界的美所赐予的那一份独有的感动,受之者不免经常哑口无语,莫可相告,只可自怡悦,不堪持赠君。至多如庄子回答惠子那样:"既已知吾知之而问我,我知之濠上也。"此语一毕,便是沉默。

伟大的"水溶于水"

当代著名的小说家余华是我极敬重的作家,他颇喜欢一个比喻,叫作"水消失在水中"。不过,即使作为当代最优秀的小说家之一,他也只是将此视为一种漂亮的或机智的修辞而已,未能解开这个比喻背后所藏有的深邃意蕴。譬如,从文学的角度来看,这里面确实藏有一种机趣与机智,巧妙的语言智慧,它不留痕迹,如鸟行虚空,又带着禅宗公案式的轻灵,滑过心灵之湖泊,激起了一点神妙的荡漾之美感,如此而已。对一位倾心于修辞的小说家,深度的精神意蕴,并不在他关注的范围,这是情有可原的。当然,余华也说道,这个比喻不是他自己的创造,而是阅读阿根廷的著名诗人、小说家博尔赫斯的作品注意到的。

博尔赫斯的确在他的作品当中运用过此一妙喻,而且还不止一次地运用。譬如,他在《致莱奥波尔多·卢戈内斯》中就说道,"怡在这个时候，我的梦影消散了，就像是水重新又汇入了水……"。

而最重要的一次，也就是被余华牢牢记住的，那就是在著名的小说集《阿莱夫》里面。该集子中有一篇叫作《另一次死亡》的短篇小说，里面说及佩德罗·达米安的第二次死去，这是一个"影子"的死去。原文说："他孤零零地生活，没有老婆，没有朋友；他爱一切，具有一切，但仿佛是在玻璃的另一边隔得远远的；后来他'死'了，他那淡淡的形象也消失了，仿佛水消失在水中。"

余华在他的随笔集《博尔赫斯的现实》中解释道："他（博尔赫斯）让我们知道，比喻并不一定需要另外事物的帮助，水自己就可以比喻自己。他把本体和喻体，还有比喻词之间原本清晰可见的界限抹去了。"

可惜，它就止步于此，止步于彼种文学之趣味。而且，我们会发现，这种比喻本身，也不是博氏之首创，至于这个比喻的原初形态，典出何方，如果我推测没错的话，博氏本人必是知情的，他是一位愿意把天堂想象成图书馆的人，同时还是一位学富五车的大哲人。

博尔赫斯不是一位简单的作家，我大体判断此人是个觉悟者，虽然尚未知道其觉悟的来路。从其文字判断，他似乎是以觉醒者入梦的方式来写作的，纯然是一种文字的利拉（Leela）。他并不生活在角色里面，甚至不生活在博尔赫斯那里，而是生活在非博尔赫斯的层面，他的《博尔赫斯与我》一文中便充满了此类启示。在其诸多小说里面，哲学和神秘主义是其基本的母题或元素。他尤其热爱对自我的追思，而对东方的诸多典籍的谙熟，使得许多哲学精义，也很容易沉淀到他的创作的细枝末节里面。这种精神的趣味，无论在他的诗歌，还是小说里面，都是品质卓越、清晰可辨的，就像这个"水溶于水"的妙喻。在另外一个地方，他还说过类似的具有同等意义的话语，像"隐藏一片树叶的最好地点是树林"等，此处略过不赘。

就我所知，"水溶于水"至少有两个源头：其一是印度的典籍，譬如《卡塔奥义书》（*Katha Upanisad*），譬如《白骡氏奥义书》（*Svetasvatara Upanishad*），譬如《牧牛尊者本集》（*Goraksha Samhita*）等；其二，是中国的庄子，在他的《大宗师》《秋水篇》里有类似的比喻。我想，把一个比喻追溯到这里，应该是比较靠近源头了。

在《卡塔奥义书》第二章第一节第十五个颂里，圣者有这么一段话："哦，乔答摩，当纯净的水流入了纯净的水，那就合二为一了，这同样的事情也发生于智者身上，当其领悟了至高的自我知识，他的灵魂也就成了梵（Brahman）。"

而哈达瑜伽圣人牧牛尊者亦有言："融入至高状态的瑜伽师，呈现那种状态，正如牛奶入牛奶，奶油入奶油，或者火入了火。"[《牧牛尊者本集》（2.97）]

他们在这里的比喻，都一齐指向了婆罗门教最基本的精神——梵我一如。当一位生命的智者，通过瑜伽智慧，逐渐控制了自己的身体、心意和大脑，把感官之马乖乖驯服之后，他的理性把神圣的阿特曼（Atman）返回到了主人的地位，自我得到了确立。于是，湖面澄清了，一切归于有序，再也没有丝毫的杂质挡住自我真相的呈现，从而发现，自己原本就是最高我——梵。也就是以个体我（Jiva）显现的阿特曼融入了宇宙之灵——梵，归于梵，梵我一如，再无余物，宇宙和自我纯然一体。这就是"纯净的水"流入了"纯净的水"的真正蕴义，所以，"水溶于水"，通过这样一种古老的哲学的照面，便会知道，这其实是指生命最后达成的圆满境界，而绝非简单地是一个漂亮的修辞，或文学语言。

当代印度教的高僧洛克斯瓦南达尊者在解释另外一部杰作《白骡氏奥义书》时也曾说道：

那些知梵者就是以这种方式，融入了梵。他们似乎变得极为巨大伟岸，他们就此深得祝福，他们与梵合成了一体（Samsate-samyak-tisthanti），正如江河汇入了海洋。当一条河流汇入了海洋，这条河流本身就失去了身份。我们无法说出哪一部分的海洋是该河流。同样，当我们与梵合一，我们也失去了自己原本孤立的身份。现在，我有自己的姓名，也有自己的形相，我执着于二者。我自傲于自己独特的身份。此意味着我深处捆绑之中。何以见得？

因为某日此身体将死去，它是必朽之物，然而我的执着却令我害怕失去它。而我若是融入了梵，则与梵合成了一体。我失去了我的孤立之身份，我觉悟到自己并非肉身，亦不是私我（Ego），我也觉悟到我与他者的无别。我拥有了"一体性"，此"一体性"含摄了整个宇宙。

而在中国的道家圣者庄子那里，一直有一种高明的"藏舟于壑，藏山于泽"，远不如"藏天下于天下"的大自在见地。这与"水溶于水"具有极大的类比意义。在《大宗师》中，庄子的原话是："夫藏舟于壑，藏山于泽，谓之固矣。然而夜半有力者负之而走，昧者不知也。藏小大有宜，犹有所遁。若夫藏天下于天下而不得所遁，是恒物之大情也。"

夫物芸芸，各复归其根，"是恒物之大情也！"这是事物，也就是存在界的本来面相。而在他的《秋水篇》里边，庄子起头就是那个伟大的比喻：河伯奔流入海的寓言。庄子说道：

秋水时至，百川灌河；泾流之大，两涘渚崖之间不辨牛马。于是焉河伯欣然自喜，以天下之美为尽在己，顺流而东行，至于北海，东面而视，不见水端。于是焉河伯始旋其面目，望洋向若而叹曰……

这里有自两种不同的水，一是河水，一是海水，当距离和高度存在的时候，它们是不同的水。河伯自以为"天下之美尽在于己"，那是缘于他无知的我慢和我见，其根深蒂固的小我意识。这也是无数的水抵达不了大海，也成不了大海的缘故，它们或困于沼泽，或止于堤坝，或消失于荒漠。欲想保持自己的独立和存在，结果却使得自己一辈子见不到真理的大海——那个最古老的家园，大海原本就是众水的故家。

而只有那些永不止步、奔腾不息的流动之水，才有可能抵达最终的大海。海是大地的最低处，众水趋向于海，这是它们与生俱来的渴望，这是水的禀性，不需要打听方向，或研究与琢磨，只需要流动，就会自自然然地达成。但是，这里有一个条件，那就是你的存在和独立将会消失！换言之，"我"与"我所"将会消失。这正是诸多小我至为恐惧之事，也是水抵达不了水、水无法溶于水的缘故。河伯的伟大，就在于他对自我内在的寻求和反思是彻底的，他在融入大海前的那电光石火的一瞬间，说道："今我睹子之难穷也，吾非至于子之门则殆矣，吾长见笑于大方之家！"

被无明覆盖着的真相，由此得以揭晓，于是，沉默占领了喧嚣，故乡占领了游子，从而一劳永逸地回到了故家。这不正是古老的"认识你自己"的至尊知识吗？不也就是我们在印度哲学里面一再遇上的"阿特曼的知识"吗？唯有通过这种内在的寻求，才有可能找到真正的自我，这真正的"自我"就是汪洋浩渺的大海。河伯融入海若的过程，也就是消泯自我的过程，也就是成为大海的过程！

这也就是"水溶于水"的真正原貌。水的真正身份就是海洋，滴水荣归大海，是因为大海做梦，梦见了自己成为滴水，而如今，对于众多的小水而言，这是一次艰难的死而复生的过程，没有"小我"的死，就没有"大我"的生。若是执其身份，则必无解脱与自由的境界，因为自由从来不会发生在有限性那里。

所以，余华在博尔赫斯那里找到的，所谓"水消失在水中"这一则文学寓言，它其实更是一则伟大的东方哲学的寓言，是彻尽心源，直奔究竟的寓言，它深不可测，而又自在安定，如同"藏天下于天下"的大智慧！

我所握住的那一把流沙

那一年的语文考试中,有一道修辞题目,要求以"人生"为本体,写出一个暗喻的句子。一学生写道:"人生就是握在掌中的流沙,当我们摊开双手时,发现已所剩无几。"又一学生云:"人生就是一列永不回头的火车,其最后那一站的站名唤作死亡。"无疑,这两个句子里面刻印着思想天才的某种痕迹,前者接近于古希腊的"无物常驻,一切皆流"的古典智慧,后者表达了"向死而生,达观知命"的存在主义态度。可惜的是,这种超越叔本华,邻近佛陀的智慧洞见和精神敏感,被中学的语文老师因"思想灰暗、不健康"而判为低分。

当然,我在这里不想谈中国的教育之弊端,而是想就着这天才的洞见来谈点生命的意见。我想,在生命的某个季节,某些禀赋卓异的少年,可能正要早于多数的平辈,而开始了思想上的生根发芽。这时候，对这些根芽的浇灌其实极为重要，当孩提时代的泰戈尔写出了智慧饱满的《颂神曲》"当你蛰居在眼里，眼睛如何凝视你；当你深居在内心，内心如何知道你"之时，天禀如此惊人，而学校教育却是："我们像博物馆里无生命的模型一样，呆若木鸡地坐着，功课像打在花朵上的冰雹一样落在我们身上。"这也直接导致诗人立志要自己建立一所学校，后来他创办了赫赫有名的印度国际大学并成就了服务人类的辉煌事业。

其实，上面那两段文字已经显示出了那些少年们对生命意义的高质量寻索。而且，还很可能已经获得了某种对"自我虚空"的经验。像这种"流沙哲学"便是佛教"无常观"的重要内容。在佛学思想里面，这种"无常迅疾"不仅仅指向时间，更是指向自我生命的本质虚空。我们不妨顺着细想，在生命的整个流程中，我们到底能够把握住什么呢？如果生命本身就是瞬间逝去的，那么建立于这上面的一切能稳固和坚定我们的内心吗？在这地上，人与万物一样，何其渺小，何其卑微。不但把握不了时间，把握不了任何一种荣名和辉煌，生命本身更无从稳固！

想到这里，任何志得意满的人，都要倒吸一口冷气。无论处在什么样的威势地位，当明白死神就在距离我们的右手不到三尺之处时，我们还得意什么呢！不但是对象的虚空，而更是你本身的虚空。你的青春，你的红颜，你的健康，你的体魄，你的血气和那构成你的全部，都是瞬间繁华，转眼成空，化成了渺渺太虚。

那禀性善良天分甚高的甄士隐单单听明了一曲《好了歌》，便真的弃下所有出家遁世去了。这不是盛年的所罗门王所哀叹的那样——"虚空，虚空的虚空，一切都是虚空"吗？为什么要说"虚空的虚空"呢？因为这两个"虚空"，正构成了色界与心界里外的双重无依和双重落魄啊！

反正，从这里我们只能获得这么一种铁律——你所占有的，必然会失去，你占有得越多，也意味着你必将失去越多，这是一个简单的换算。所以，悲观的生命哲学看似一种消极主义，但就其思想品质而言，却是颇富力量和勇气的，它并不被表面的浮华所诱骗，不轻易寻求妥协，而拥有彻底的精神内容，从而有力地冲击着人类顽固的关于"自我"的集体无意识。它使人心生疑窦：作为肉身的这个"我"有意义吗？它存在什么样的根基呢？那是真实的吗？它在死神面前立得住，并有所作为吗？等等。

可惜的是，这种思想仅仅止步于此，一种思想抵达此一地步，看似富有勇气，其实亦最为危险，它缺少了通透和柔韧的生命智慧，它勇敢地抵达了峰巅，却陷身于悬崖，失去了来去之路。换言之，它缺少像中国道家那样回旋自如的智性！一种非但知命，非但达观，而且还注入了与天地万物一体互用的绵绵不绝的伟大精神。这种精神正是以消解这个渺小的"自我"为其特征的。

苏东坡作为一位典型的传统文人，之所以被历代的中国人所喜爱与传唱，一个重要缘由就是，此人身上蕴藏着常人难以想象的豁达与自在，有与天地世运共舞的异禀，有清晰透彻的哲学智慧。这样的人，地上的磨难是无法摧毁他达观之信念，反而验证和强化了这些信念。他在其名篇《前赤壁赋》中曾说："盖将自其变者而观之，则天地曾不能以一瞬。"他又说："自其不变者而观之，则物与我皆无尽也。"

这话充满了玄机。前半句的"天地"和后半句的"物与我"是互文互训关系，其义相等。为了比较和清晰起见，我们可以将两者都扩充为"天地万物与我"，这整句变为："盖将自其变者而观之，则天地万物与我曾不能以一瞬；自其不变者而观之，则天地万物与我皆无尽也。"

这里就出现了两个"我"，若是粗心，就会误以为乃是同一个自我，唯细心者才会发现这里所讲述的，乃是两个不同层次的自我。这个"自我"存在两个层次：一是短暂之我，一是无尽之我，一是物观之我，一是道观之我。前者之我是占有之小我，后者之我是无尽之大我；前者闭合，后者开放；前者狭隘，后者宏大。一句话，前者是有我之我，后者是无我之我。如果一个人明白了真正的生命因占有（我）而下坠，因舍弃（我）而上扬，了解只有给出去的那一粒玉米，才会变成真实的黄金，则一切的诡奥玄义便豁然而开解。所以，耶稣会说："你们当舍弃自己。"老子会说："如我无身，我有何患？"庄子会说："至人无己。"克里希那会说："阿周那啊，将心意转向我，你才会得解脱。"

佛陀会说:"若菩萨有我相,人相,众生相,寿者相,即非菩萨……见诸相非相,即见如来。"

这种将"我"放下的行为思想,即是将顽固之自我拆除的行为与思想,正如将高墙拆去,望见无尽的原野一样,远离了颠倒梦想,远离了业力的捆绑。当那小小的自我趋近于无限,自我不见了,空了,便成为宇宙心灵,即神性的音乐穿越而过的乐器。而对于个人而言,这一切的一切,都敞开了,自然与存在的秘密亦都毫无保留地倾泻而出。"那时候,你的话语,将从我的每个鸟巢中舞翼高歌;你的旋律,也将在我的丛林中盛开,于繁花中绽放。"

而诸多宗教家和圣人为什么会不约而同地将"自我"作为消去的对象,《金刚经》里已有现成的答案:"所以者何,一切贤圣皆以无为法而有差别。"

只有将那小小的我,那欲望之我、占有之我,全然地消解,则建立于"自我"之上的痛苦便烟消云散,建立于"自我"之上的悲观主义的"城",也就轰然倒塌。当我们满心悦服地赞叹时,那最谦卑的我们也将会被拔到最高。

这是盛大的恩典,这是神圣者的秘密计划!

而只有抵达了此时此境——

苏轼才会说出:"且夫天地之间,物各有主,苟非吾之所有,虽一毫而莫取。唯江上之清风,与山间之明月,耳得之而为声,目遇之而成色,取之无禁,用之不竭,是造物者之无尽藏也。"

泰戈尔才会唱出:"日复一日,你使我更加配得上你主动赐予的朴素而伟大的赠礼——这天空、这光明、这躯体、这生命与心灵。"

是的,此时此境,一切都是礼物,朴素而伟大,沉静而悠远,包括"这天空、这光明、这躯体、这生命与心灵",而我们上面的那段关于"我"的话,也就有了最后的结尾,合在一起,就是——

若是粗心,就会误以为乃是同一个自我,唯细心者才会发现这是两个不同层次的自我;但是,一个具有灵心慧解禀赋的人,就会说,这两个"我",其实就是非一非异的不二关系的我。因为与万物的一体互用,其实已经包括了与一己之身的一体互用!

真生命是一场"习坎"之旅

晨间，读坎卦有悟。

常常有一种逻辑，初看似乎颇自然、有道理，然一旦细究，则未必尽皆如是。

这逻辑或来自基督教的原罪说，或来自佛教的苦业意识，或来自婆罗门教轮回转世的思想，故而有人觉得了业力的沉重、习性的顽强，还有时代的悖谬，与人世的悲苦、生命的无常等，从而一力孤行，选择了弃绝之路，爱上了天堂，爱上了自由的彼岸，爱上了无烦恼，无劫初、劫住与劫灭的人世磨难，以求抵入一个解脱之真境界。

此一单刀直入的逻辑，在中国的文化里面，常被视为既未明文明生成之大义，亦未了人间生趣之正理。文明一途，必须通文化意识，继而通家国天下，以缔造人间世的大同和平之正鹄的；

而人间生趣之命途，其正理则是在世的缔造，而非离世的寂灭。

正如处理一条陈年的河流，淤泥中种种之层累与堆积，若只是以断流来了断，则只是干涸，何来建设之真意义？按照心理学的理论，一切未曾实现与显现的存有，皆会化成潜意识之生命流的强化，除非以正面与正向的态度接纳，进而化入自我的真实存在，才会有活泼泼的意义从中生成。

而所谓"正面"云云，则意味着，对生命有大慈悲，爱上自己于人世的实际存在，爱上自己独有的命运与遭际。这才是正面的接纳，而不是以逃避与否定来解决。于是，行动，便构成了生命的在世之共法，正如河流的流动，既有悦耳的和美之正音，亦有汹涌澎湃的骇人之变奏，关键是一体的浩荡同流，这是生息、生机与生趣。人间的文明，实在是一场习坎之旅，个人的生命亦是一场习坎之旅。私以为，这应该是文明的正见，也是生命的正见。

因《易经》的坎卦，又名"习坎"，孔颖达注"习"有二义：一者，习，重也，谓上下俱坎，是重叠有险，险之重叠，乃成险之用也；二者，人之行险，先须使习其事，后乃得通，故云"习"也。

大体说来，人在人世人间，一定会陷入困顿与险境，最终有望复返于一种圆满或完美之生命境界。用诗人的话语说，即是"失乐园"的扼腕与"复乐园"的壮游，其中既有沉痛，亦有生命的悲情与畅达。其目的，皆是心意识的深化与纯化，涤尽尘滓，如镜鉴天，这是既定的律则。文明，就是自我的一场大戏，此既是宇宙自我的一场生旦净末丑彼此相继相承的大戏，也是此身小我的一场生命真实流转之利拉，目击之，而道存之。

于此言来，命运的跌宕与苦恼，皆是有大意义在焉。而且，无论怎样的苦难，习坎有诚系于天，人天相应，天人共构，人事皆有天道的在场，为行事做真实见证，这叫作"习坎有孚"。孚，鸟爪也，此鸟有此爪，鸟与爪之相符，可证自然律之恒在。有是物必有是则，故而信习之，即可通达生命幽深处之大觉悟。"水流而不盈，行险而不失其信"，天空在照顾着星辰，河流在支撑着微波，只要悟力不灭，觉性常在，终究会得着无上大欢喜。

中国的古典哲学，历来充满了此种"象思维"，它深受天地万物的种种具象之启发，尤其是在生命的无常与流变当中，看明白了行动的真价值。我以为，此与流水之流动所给出的启悟之功关系甚大，它不但给了中国道家"以水喻道"的妙譬，也给了儒家以时间与空间来确证历史价值的稳健意识，这是入世的大智慧。而《易经》的八卦即是天地八物之成象：天、地、风、雷、水、火、山、泽。其中，水之象，既是坎陷其中，复又因流动而得度，譬如未济卦与既济卦。人世的河流是同一条，却会收获两种不同的命运，端在觉性的明灭之分途矣。

而我们所处的人世，正犹如坎卦之卦象，坎上坎下，是为重重之险阻，复化水流之兆象，流水相继。坎险固然不会消失，缺陷也必定永在，唯有秉持生命的正见，精勤努力，如风行水上，则习坎之旅，就是真生命的一种显豁，继而收获一种至大的平安。所谓"有孚心亨"之兆象也，行必有功。宋人曾于此断言：以阳刚中正居尊位，而时亦将出矣！

这种在此世界的精勤有为、刚健雄拔的生命状态，彼所成就者，非但是人世的劫难可渡，同时也是心灵趋于圆满的浩大功课。自然只是生性而不生心，唯人之灵明则不然，他于此人间的行走，全凭正心思来合彼一之正道，若不谋诡异，直心率性，"君子以常德行"，终得人生之圆满，这便叫作"维心亨，行有尚"。

方东美说"功德慧"

在已经过去的 20 世纪之中国学者群中,方东美素以"学问渊博,体系精深"著称。凡亲炙者,无不为其天马行空的灵思、周溥高明的慧见所激动;而其言思著述之间,控驭世界诸家哲学思想之雍容有度、优游不迫的能力,俾出之以优美芳醇的诗性表达,尤令人叹服。用方东美自己的话说,其学问路数乃属"老鹰抟云"之法。当然,兹种心如泉涌、意若飘风的运思与智识调度力,实基于方东美的学问堂庑之恢宏与壮阔。

唯其如此,方东美在世之时,就已在海内外享有极高的声望。除了为他赢得多方荣誉的西方哲学与中国哲学的学术研究外,他的比较哲学之眼光与多元并包之胸廓,借着其渊粹的学养、磅礴的气象与潜通密贯之宗传所展露,着实罕见。这种哲学才华在其早期纲目式论文《哲学三慧》中表现得尤为明显。其中对于古希腊、欧洲与中国三类哲学智慧以极其凝练而高华的汉语赅摄之，字字精要，句句透辟，既似箴言，亦如神谕。唯其遗憾处在于：缺少了对古老的印度哲学智慧之总摄。

故他晚年在辅仁大学的讲课中，处处显明他在尝试将印度哲学纳入其"智慧架构"中以构成"第四慧"的哲学企图。依黄振华笔记所整理出的《人生哲学讲义》，方东美便直接以四类哲学智慧并峙而出，并且说道："印度人在宇宙中为人生造境，结果把宇宙人生的低层境界，打破束缚，将许多差别境界，归到宇宙的高度统一，我现在把它叫作'功德慧'。"我们此处便来尝试着诠解方东美之哲学智慧架构中幽而不明、引而未发的"第四慧"——功德慧。

方东美几十载出入中外哲学之林，力图原古今文化源流，察东西文明得失，统摄诸家之学，实则皆归旨于中国哲学的精神与价值，借此开出一种真风告竭、人心浮荡之世纪的救援之哲学药石。故他尤重"智慧"二字，"标出智慧一词，据为哲学典要"，以警策居要，钤辖全章。他在《哲学三慧》中云：

智与慧本非二事，情理一贯故，知与欲俱，欲随知转，智贯欲而称情合理，生大智度；欲随知而悦理怡情，起大慧解。生大智度，起大慧解，为哲学家所有事，大智度大慧解为哲学家所托命。

他比勘古希腊、欧洲与中国三种文化智慧时，其统摄处充满深识睿见，只可惜彼时未曾涉入深邃无比的印度智慧之提炼。而当他后来真正对印度哲学进行研习时，却又丝毫不吝惜对印度哲学所蕴有的圆融智慧的赞美，他曾云，不只中国如此，视自然、人与历史浑然一体，浩然同流，诸位在某些印度思想中也可看到，比如奥义书中，多处都提到如下的"和平"："噢，彼也充满，此也充满，充充满满，彼此互流，当此充满贯注另一充满，更能流衍互润，融成一体。"凡此种种，都可看出东方智慧的基本精神。

可惜持此种较平正雍容的哲学观点，在印度历史上鲜矣。那些隐居在森林里的修行者为了解脱，亲证大梵，故克制欲望，重视苦行，修炼神定瑜伽，推崇弃绝者（Sannyasa），渐渐失却了《唱赞奥义书》所启示出来的"彼为尔"（Tat tvam asi）的思想，更丧失了后来在《薄伽梵歌》里面呈现出来的刚健雄拔之行动精神，无端化入冥烟，杳渺虚寂。在无限者面前的自我贬抑更导致了印度式的悲观主义盛行，先是借着莫卧儿王朝的波斯文字，再借着拉丁译本，然后由叔本华传到了欧洲。而且将手段转为了目的，即瑜伽、苦行与禁欲等，这些原是方法论上的修行手段与方便慧，成了奇怪的目的论存在，终身茧缚。所以他说，提神太虚，故作空幻奇想并不难，厕身现世犹能实抒卓见则着实匪易。而这一点，正是中国哲学具有的生命智慧。

20世纪初，颇有传奇色彩的哲学家亚历山大·凯瑟琳（A.

Kyeserling）曾漫游世界诸国，并著有灵思奔涌、异彩纷呈的《一位哲学家的旅行日记》，对东西文化与哲学精神的比较，他颇有心得，与方东美可谓异国知音，旦暮相遇。曩时凯瑟琳向人们弘扬马鸣之"不住涅槃"的理想，认为唯此一理想方能救世。他说："我想起了菩萨的一句誓言：'只要地球上还有一个灵魂未得到拯救，正陷入人世束缚和烦恼之中，我自己就不进入涅槃（不住涅槃）。'我们把菩萨的这一形象同不顾人世现实，只去追求神的知识的贤者形象作一比较，可以看到后者尚未完全超越名称和形式（Nāmarūpa）……他知道自己的根源在于神灵，但是，他的存在又与所有的存在者紧密相连。因此，他像爱自己那样爱一切存在。"而他心目中的理想文化，或曰"不住涅槃"的精神之集中体现者，却正是中国文化：

> 中国文化真正的伟大性在于她有这样一个显著的特点：认为真理是具体表现在人们的实际生活当中的。孔子学说是很具体的，其理论落实在日常生活之中，是对实际生活和具体现象的抽象表现。

而方东美也一直在思考与寻找哲学的药石，以治疗那个时代遍处的虚无主义与混沌思想之病症，于种种自大自高的科学精神与自抑自卑的宗教氛围的困局中，试图找到最为刚健醇正、最为光明正大的人性论。他如此表达哲学的使命：

哲学之在今世，尚犹有前途否？并世学人颇多疑惑。吾尝遐想过去，觉哲学实为民族文化之中枢。现前种种纵有抛弃智慧、削弱哲学势用之倾向，终亦不能灭绝人类智种，阻遏伟大新颖哲学思想之重光。然则吾又何难据前世之已验，测未来之可能。

与凯瑟琳一样，方东美发现此种雅正的人性论就在中国的思想里头。而基于这种哲学之旷观，宇宙非但不虚幻，而且还是一个生命存在的根源性的意义与价值系统。与印度文明的"借有入无"不同，中国的文化贵在"挈幻归真"，故能彼是相因，流衍互润，蔚成同情交感的中道精神，故能淋漓地宣畅生命此在的灿溢精神。

虽同是注重文化的道德价值，但作为宗教文化的印度文化，因为宗教的道德关注彼世，故其对于人生价值的看法，不像中国思想，纯从哲学的基础来考虑，而是掺有宗教的动机。这就使其不能不把人生的归宿置于天国，损及天人合德、人类生命与宇宙生命同体合流的东方智慧的基本精神。所以，印度文化尚不足以代表东方文化的完美形态，纯正、完美的东方文化，应以中国文化做代表。

方东美对于欧洲人崇权尚能、戡天役物之精神早有警惕，而对于印度人的玄想非非、一往不复的危险也深有认知。

按照印度奥义书的最初义理，"彼一"（Tad ekam）原本是能够摄一切相及一切相相，赅一切无及一切无无。尤其是加上"彼即汝"的不二论之申义，更可以将吠檀多哲学融贯于实际界，统摄有无，赅遍彼是，此在与彼岸的张力便得以消解，正如印度那首著名的《和平颂》一样，深闳而雅正。可是印度哲学在实际发展中，却常常偏于一端，直探本体幽微之界域，返虚入浑，而未能回光返照于五浊恶世，借有入无，而未得返身而诚，得以无中生有，从而滞留虚寂之中，独尝第四位图利亚（Turiya）之梵乐，此自然不免乎"执着"。故有大乘佛学"破一切相、扫一切空"的革命。

而商羯罗（Sankaracarya，约788—820）的崛起，虽然重振了婆罗门教与吠檀多哲学，可是天资雄拔的他，年纪轻轻便出家隐迹，尚未用心于世道，便于三十二岁英年早逝。尤可叹者，他借着无比的雄辩，一举击垮了盛极一时的大乘佛学，从此法息东移，所谓"智深言妙，遂灭佛法；大法东移，遂成绝响"。随着商羯罗的离世，其从佛学里面借来的"幻论"已经没有了最初《薄伽梵歌》里创生万有的能量义。商羯罗说，真理可以被表达为"Brahma satyam jaganmithya"，即"只有梵是真实的，而这个世界却是虚幻"。一言以蔽之，乔荼波陀、商羯罗一系列的哲学所弘扬的"幻论"对印度教之走向无之无化，遗世独立，诚为加剧伤害也。

而印度人的借有入无，以至无之无化，探本体幽微之界域。

看似与玄远微妙的道家之趋向"玄之又玄"之奥境相同，实则颇不然。老子是"知白守黑、知雄守雌"，"天之道，损有余而补不足"，中道精神鼎力于斯。而在方东美看来，中国哲学之"用中"精神尤能体现者当数儒家，故而借着老子与孔子的关系，开出了儒家的刚健入世并兼有了道家的柔韧之智慧，故云"道家之终，儒家之始"：

老子曰，为学日益，为道日损，损之又损以至于无为，无为者，无不为也。是故，反者，道之动——反之于无，而致乎其极，则于一切有界相对存在之诸般限制悉超净尽。就佛家之眼光来看，斯即涅槃界之中国原版，同时又兼为对应真如本体界之绝妙描绘……道家观待万物，将举凡局限于特殊条件之中始能生发作用者，一律化之为无，"无"也者，实指自然妙饰之无，为绝对之无限，乃是玄之又玄之玄秘，真而又真之真实，现为一具生发万有之发动机。道家之终，儒家之始。与道家适成强烈而尖锐之对照者，厥为儒家之徒，往往从天地开合之"无门关"上脱颖而出，运无入有，以设想万有之灵变生奇，实皆导源于创造赓续、妙用无穷之天道。天德施生，地德成化，非唯不减不灭，且生生不已，寓诸无竟。盖无限之潜能，乃得诸无限之现实。

换言之，道家之中国版的"涅槃论"，或曰"解脱论"，却被儒家反转为现实界的"人间智慧学"。道家之终，即为儒家之始，还意味着以道家奠定根底的儒家才是醇儒，以阿罗汉为觉体、为根源的菩萨道才是此世间永不摇动的梁柱。而中国人的生命智慧，正建基于此人间世，超以象外，却得其环中，无往而不复，存在的意义皆辐辏于当下之基本光明人性。结合中国之先秦哲学而细言之，亦即建基于周普闳通之皇极（《尚书·洪范》），明几达变之易道（《周易·易大传》），在天地宇宙之间，触境生机，应机对法，兼以化物，一举一动：

——符合于自然，不教而怡情适意，不言而节概充实，美感起则审美，慧心生则求知，爱情发则慕悦，仁欲作则兼爱，率直淳朴，不以机巧丧其本心，光明莹洁，不以尘浊荡其性灵。此等人达生之情，乐生之趣，原自盎然充满，妙如春日秀树，扶疏茂盛，其于形上之道，形下之器，天运之流行，物理之滋化，人事之演变，虽不立卿文字之说，逞胜斗妍，然心性上自有一种妙悟冥解。

方东美认为，中国哲学之伟大智慧，其悟道之妙，体易之元，兼墨之爱，会通统贯，原可轰轰烈烈，启发伟大思想，保真持久，光耀民族，却因了种种因由，譬如学术寄于官府，至理隐于故籍，思想未得自由，小智恒得流行，偏偏又匮乏坚贞持恒之素德，不囚精中埋性之方法，结果导致了四千年来智慧昭明之时少，暗昧锢蔽之日多，遂致文化隳堕，生命沓泄。放眼世界，比勘东西，实会发现，每一种文化与哲学精神，均有优点，亦不能无弊。譬如古希腊人之所以逃禅，欧洲人之所以幻化，印度人之所以虚无，中国人之所以穿凿，各有历史根由深藏于民族内心，仅凭自救，或难致果，他山取助，尤为切要。故而生当全球化之今世，他在坚持中国文化本位的立场时，终生致力于世界哲学之会通，融贯东西，涵摄众家，广大和谐，兼容并包："吾人寄迹世宙，体时序之创化……自不能拘墟束缚、回向过去、墨守旧闻。是则指点前程，触发新机，光大哲理，事属分内，责无旁贷也已。"

所以，我们在这里对方东美的哲学智慧架构的探索，无非也是为了梳理出一个更有意义、更圆满的思想体系，这样，哲学的彼此相生、彼此互润也许就成为可能。而且，我们若按着方东美的思路，也许可以将古希腊、欧洲、印度与中国四大哲学之共慧命厘定为：

希腊人以实智照理，起如实慧，如实慧演为契理文化，要在援理证真；欧洲人以方便应机，生方便慧，方便巧演为尚能文化，要在驰情入幻；印度人虚灵冥契，现功德慧，功德慧演为解脱文化，要在借有入无，离苦得乐；中国人则以妙性知化，依如实慧，运方便巧，行功德智，成平等慧，平等慧演为妙性文化，要在挈幻归真，时中达变。

命运与智慧

我时常想，这个世界上最有害的莫过于浅薄，人行世上，颇容易被小智小慧所害，因为它看上去总是对的。只可惜未及乎根本，故没有彼根源处的那种稳定，所以不免似是而非，误人也多，戕伤也大。

譬如说，对命运的认识。

我便认识不少的朋友，男女老少皆有，其中亦不乏我尊敬的长者与平辈，常常迷在《易经》的测算、星占术的排盘中，然后以之论定吉凶成败、否与否否，进而推定命运。我自然是不反对人的生存实有太多的外在原因之说法。我也相信生辰的时间因、存在的空间因，而生活在太阳系里的生命，尤其与八大行星的运行轨道有必然的联系，就像月亮的升降会影响到人的情绪一样。这并不自性，但这些，从来不会是主因，非真能左右人的命运，对于彼生命的自觉行动者，更是如此。

主因只能存在于内，在心意识潮水般的生成与跌落之间，存在着命运的生成与跌落，此是关键。

生活中，我们便常常听人道及"性格即命运"一说，这话无疑是对的，也确凿是真理，可惜不是真理的根，而至多是真理的碎花与叶片，故病在浅薄、病在不完整。因为性格是由习惯生成的，所以，不如"习惯即命运"来得深刻，但习惯又来自行为的强化，故又不如"行动即命运"的透彻，而行动又由话语与思想所致，故"话语与思想"其实是造就"命运与性格"之甚深端的。

但是，所有这些因素都是被生成的，并不是根本，根本只有一个，那就是念头。由念头构成心之相续，由心之相续造成了看似宿昔而来的命运，其实命运者，都是于种种相造相运投射到心念中的瞬时生成。此念头之生成，在佛家的唯识宗那里，也叫作"作意"，通常我们运思的方式有两种：一种叫"如理作意"，一种叫"非如理作意"。《成唯识论》云："作意，谓能警心为性，于所缘境，引心为业。"因引心为业，于是就有了人们命运的分途，或带给我们力量和自在，或带给我们无尽的痛苦与烦恼，关键是心意识的自在翻转。

中国的《易经》一书，通篇所讲的都不是"定命论"，而是"变命论"，所以，它是一部易经——"变化之书"（The Book

of Change）。深入交代了人于时空当中，其心意识的悔吝之翻转，而导致了吉凶之分道，用中国古人的话说，就是"一念错，便觉百行皆非，防之当如渡海浮囊，勿容一针之罅漏；万善全，始得一生无愧，修之当如凌云宝树，须假众木以撑持"。故此，正向而富有价值的人生，就落在了心意识的瞬间操控与正向翻转，落在了浩荡自强的乾元健行之创造精神。

当然，对于已经来到人间的吾等凡辈，整体的翻转毕竟是困难的，因为这里确然有过去既成的业力习性与此生相伴，正如飞射的箭矢，它在没有觉醒之前，自由云云，还实在渺茫得很。按照印度人的因果法则，业力分为三类：一类叫作藏业（Sanchita Karma），此如囊中的箭，储存而尚未表达；一类叫作动业（Kriyamana Karma），此如手中的箭，指向了目标，但仍在可控制的范围内，尚未射出，故既可以射出，也可以放回箭囊；最后一类叫作定业（Prarabdha Krama），此如空中射出的箭，直接射向了目标，无人可以阻止。

但这箭矢云云，只是一个方便的说法，因为人终究是不是飞出去的箭矢，端看他认定宰制的力量是来自外，或来自内而定；在中国人的语境里面，如果前者是飞出去的箭矢，那么，后者就可视其为庄周梦见的那种蝴蝶，或更形象一点讲：庄周梦蝶，即是箭矢做梦，梦见了自己变成蝴蝶，故而有梦破梦断后，因自由失落而来的那一种遽遽然的惘怅。

于是，在悟道者庄子的笔下，便有了《应帝王》篇，其后半部分重点讲了两个人物：凡者列子与圣者壶子。借此师徒叙述的主题，其实就是这两种命运观：以列子为箭矢，或定命论的信仰者；以壶子为蝴蝶，或变命论的信仰者。于是师徒二人由算命的神巫季咸为中介，把生命的自由之义次第阐明，逐渐亮出。

二人相互征诘，信疑交参，棒喝交驰，最终心心密契，落在了列子明白了心意识的操控，乃是翻转命运的必由之途，于是便有禅定的瑜伽功力了。书中说道，列子从此"三年不出，为其妻爨，食豕如食人，于事无与亲。雕琢复朴，块然独以其形立。纷而封哉，一以是终"。终而达至"无为名尸，无为谋府，无为事任，无为知主。体尽无穷，而游无朕"的自由之境，成了栩栩然而于人世飞动的崭新的生命蝴蝶。可见，无论是易学或庄子，皆在告诉我们，命运，其实是可以改变与操控的，终至于"命由我造"。

而只有懦夫与时近暮年的老人才会相信宿命，相信星占术或易理可以测命。后者因时日无多而生自弃，暂不谈他，而前者却只是业力的奴才，只是追求现成的人生，这种人生很可能是漆黑的。辨喜曾说："只是追求个人的舒服与享受，寻找现成的人生，这种懒惰无为的人，连地狱里都不会为他准备房间。"

而勇者自会与命运的恶龙搏斗，殚尽千金，自学屠龙术，以破除命运与业力（Sanskaras）的重重围困，所以，他们根本就不在算命先生的术数与星盘里边。即使是遭遇逆风,他们也会说,我所有的苦难与悲哀都是自己造成的,所以,这所有的苦难与悲哀,也只能由自己来开解。把所有的责任负在肩上,明白自己即是自己命运的造物主,这里赢回来的乃是生命的真实尊严、真实意义与智慧,这里因有不灭的事物与真谛在场,故为此所承受的种种责罚与苦难,复何尝不是上帝祝福的一种乔装、一种易容呢?

文明既成,人间学问即第一典要

听过很多颇似高明的说辞,其大意是说,古圣人之悟天道也,全然是自心对自性的一种深度体贴与悟察,一旦融会贯通,是书籍者,尽皆可废;而学问云云,实属第二义谛。故而推出一种"至理"来:吾人于学问之道,不可久久迷顿,所谓文明典籍者,亦是可读焉,可不读焉,可学焉,可不学焉,实无关生途或命途之大局。

我以为,这里面实藏着一种愚妄,因彼种话语,对于天纵之鸿才,如慧能等圣智慧内秉者,自是理据确凿,毋庸生疑;然中人及中人以下者,岂可愚痴狂妄,亦敢做斯言而测度自己,以致远离圣学,蹉跎了毕生。这大概与英文里面的"反智论"(Anti-intellectualism)差不多,也可以被视作"反智识主义"。"反智识主义"并非一种真学说,而是一种致命的自负,一种颇不可取的人生态度。就实际而言，文明既成，学问即是第一典要。

古代之典籍，对于人间学问有大期许，譬如《诗经》有云："日就月将，学有缉熙于光明。"关键是沉着深透的真功夫在场，由人道悟天道之微义，由天道助人道之开显，故《中庸》有云："今夫地，一撮土之多。及其广厚，载华岳而不重，振河海而不泄，万物载焉。今夫山，一卷石之多，及其广大，草木生之，禽兽居之，宝藏兴焉。今夫水，一勺之多，及其不测，鼋、鼍、蛟龙、鱼鳖生焉，货财殖焉。"《易经》则说："学以聚之，问以辩之，宽以居之，仁以行之。"

甚至，许多天才天分绝高者，除了对于真学问孜孜以求外，彼此之间，亦是未敢轻易自许或他许。譬如，最近读到新儒家的牟宗三先生，他便如是批评早慧的梁漱溟先生：

> 他写《东西文化及其哲学》一书时，年纪并不高，全是自己凭空想出来的。但也因如此，其中所造的新名词都是无根的，所说的文化类型也太简单，如说西方是前进的，印度是后退的，中国是适中的，这样讲都是一些影子罢了。所以思考力强，性情真，志气高，也有相当的智慧，可惜无学以实之，结果尽成空华，白白的浪费了一个人才。这种人间大憾，平常人是看不出来亦感受不到的，就连他自己也不自觉。他的这部书实并无多大价值，他本人亦不予以肯定。他最后是相信佛教，而不甘做儒者，在中国这样的乱世，

生命人格想要卓然有所树立是很难的。

其实,文明一旦生成,古人之讲学,必是有了大规模、大法度在焉,这也是孔子述而不作、以学致知,进而成圣成贤的恢宏之道途,他说:"我非生而知之者,好古,敏以求之者也。"故他于世道之所忧者有四,而"学之不讲"是其大忧心、大悲悯之所在。

学问者,实文明世界可予假借,以得渡人世河流之共法也,是为如切如磋、如琢如磨的人间学问之真大乘。

在《论语》当中,论学问之重要性的内容,着墨不少,开篇之首章,即是"学而第一",寓意颇深。又譬如,孔子有弟子如子路者,有美质良才,而少学问陶镕之功;若无此学问之陶镕与砥砺,则唯恐其才良而未能尽其良善,恰似物美而未能尽其全美、曲妙而未能尽其全妙一样。况且,秉性里边有一样之好处,往往有一样之遮蔽,如古人所提醒的那般,"盖天下之事,莫不有理,人必好学穷理,而后之所行为无蔽。不然,则虽才质之美,制行之高,亦将有所遮蔽,而无以成其德矣"。故而孔子曾正告子路,云:

居,吾语女。好仁不好学,其蔽也愚;好知不好学,其蔽也荡;好信不好学,其蔽也贼;好直不好学,其蔽也绞;好勇不好学,其蔽也乱；好刚不好学，其蔽也狂。

明人张居正于此节之解释，颇为透辟：

如仁主于爱，本美德也，而所以用其爱者，有理存焉。若但知爱人之为美，而不好学以明其理，则心为爱所蔽，将至于可陷可罔，而人亦俱丧矣，岂不流而为愚乎？智主于知，亦美德也，而所以通其智者，有理存焉。若但知多智之为美，而不好学以明其理，则心为智所蔽，将至于穷高极远，而无所归着矣，岂不流而为荡乎？

我们再回到牟宗三先生的文章，他对胡适、冯友兰、梁漱溟、熊十力等前辈学人一一加以评点，因学问与学养之重要，故不稍加辞色、不逢迎丝毫，复又深加反省道：

我思考的结果发现症结是在于他们生命中都缺乏某种东西，那种东西就是孔子所说的"学而时习之"的那个"学"。生命中的真性情、真智慧、真志气都要靠"学养"来充实才可以支撑得起来，而那一辈老先生正好都缺乏足够的学养。人在社会中要关心时代，关心天下家国大事。但人是有限的存在，关心的事那么多那么大，所以若光靠天生一点气质所凝结的才情华采，而无学问知识以充实之、长养之，怎能应付得来？尤其在此风雨飘摇的时代，"学养"

之足不足遂成为一个非常严肃的问题。"学养"，实在的说，也就是对问题要做"客观的了解"，要有正确的知识，不误解，也不笼统。

于是，即使对恩重如山的熊十力，牟宗三也是一样直言不讳：

我只是要强调"学"的重要，无"学"以实之，终究是浪费了生命，辜负了时代，这大体也是整个时代的毛病。即如我老师熊先生念兹在兹，想接着现有的新唯识论写出"量论"部分，也写不出来。本来依熊先生的计划，新唯识论应有两部，上部"境论"，讲形上学，下部"量论"，讲知识论。但"量论"一直写不出来，其实就是因为学力不够。因为熊先生的所得就只有一点，只那一点，一两句话也就够了。

前人在解释《论语》时，尤其点明了人间之学问，实有大补于天道与圣功之未逮，譬如朱熹曰："愚谓力行而不学文，则无以考圣贤之成法，识事理之当然，而所行或出于私意，非但失之于野而已。"

张居正则作如是云："仁智信直勇刚六者，美行也；愚荡贼绞乱狂六者，恶名也。人惟足己而不学，见理之不明，遂使美者化而为恶，而况其生质之不美者乎？于此见气质之用小，学问之功大。"

而一旦进入学问,其最为关键的方法论,便是贯通学问与人心,否则便落入了往而不返、去而不来的饾饤字句的文字迷途,庄子曾如此批评学富五车的惠施道:"惠施之才,骀荡而不得,逐万物而不反,是穷响以声,形与影竞走也,悲夫!"庄子如此敏感,这也是为什么"其学无所不窥",而仍然能够拥有与天地精神相往来之自由;而有教无类的孔子,对于自己各个相异之学生,更是因材施教,谆谆提点,既期待他们能笃信好学,守死善道,复以造就他们本真的生命气象,得有一个根本的贯通之大体,穷理尽性以至于命。

譬如,孔子对于自己那位聪颖卓异的爱徒,即多而能识,然于大道之本源却无所觉察的子贡说道:"赐也!女以予为多学而识之者与?"于是,子贡起了大疑情,便对曰:"然,非与?"难道不是这样的吗?孔子一看几趋丁熟,便道出了学问之第一义谛,曰:"非也。予一以贯之。"

孔子之大意为:我非多学而识者也,盖天下之义理,虽散见于事物之纷纷然,而实统统具备于吾心。吾唯涵养此心,使虚灵之体不为物欲所蔽,则事至而明觉,物来而顺应,自然触处洞然,再无所疑惑。恰如清明之镜体,虽妍媸万状,自照见之而无遗;亦如平审之权衡,虽轻重万殊,自称量之而不爽,盖一以贯之者也。否则,若想一一以多学而识之,则事理复无穷,而闻见复有限,用力愈劳,去道愈远,这如何会是真学者之所抒也哉?

001

按此一贯之旨,即是尧舜以来的口口相传之心法,若非子贡学将有得,正隐隐呼之欲出之际,孔子亦未敢遽以此一贯之语直接道破。故学圣人之真学问者,尤宜究其深心;唯借此一心,学问乃成就为生命实然之境界。念哉典学,思睿观通。故而吾人才会说道:"天不生仲尼,万古如长夜。"

一旦理上清晰了,剩下来的就是真功夫了。在中国人的语境里面,功夫云云,就是时间而已,时至而熟,水到渠成。如陈后山云:"学诗如学仙,时至骨自换。"莲池大师亦云:"学禅如学仙,时至骨自换。"他在其著名的《竹窗随笔》中说:"故学者不患禅之不成,但患时之不至;不患时之不至,但患学之不勤。"

故一言以蔽之,文明既成,学问即是人间第一典要,这是欢天喜地的大好事,何苦愚妄而自绝之?不然,文明成了反智的自戕。学问之道,正如"春服之既成",轻逸而自在地迎着无穷尽的春意出发,虽遥遥长途,却又是人人可亲近以入乎正道,可借此"浴乎沂,风乎舞雩"之路径,进而臻得"咏而归"之故家。斯何等喜乐之美事,非仅甄明了事物之关系次第,更是直求命途之本然。

故人间之学问者,是供吾人共渡斯世河流之渡舟也!

生命的冬夜,当以勇气、智慧与爱来照亮

一

我曾坐在四明山的湖边,坐在水墨风格的江南水乡,手持一书,顺着英伦才子阿兰·德波顿(Alain de Botton)舒缓而哀伤的笔调,进入了这么一段低沉的文字:"时序之入冬,一如人之将老,徐缓渐近,每日变化细微,殊难确察,日日累叠,终成严冬,因此,要具体地说出冬天来临之日,并非易事。先是晚间温度微降,接着连日阴雨,伴随来自大西洋捉摸不定的阵风、潮湿的空气、纷落的树叶,白昼亦见短促。"

其间也许会有短暂的风雨间歇,譬如天气晴好,万里无云。但德波顿说,这些都只是种种假象而已,是病入膏肓者临终前的回光返照,终究于事无补。到了年末,冬日与冬夜将会森森然,盘踞在我们的生命里头,有一种深入肯髓般的寒冷与疼痛,从来

停止。

后来，我又在朋友的记录里，读到了台湾散文家吕大明的一篇很美好的文章，叫作《生命的衣裳》。吕大明在文章中，把我们的生命譬喻为一件逐渐老旧与衰败的衣裳，她说道："我在缝补一件名为生命的衣裳……我不是不知道鸟儿断羽、花儿枯凋，在时间的碾轮下，生命在茁长，生命也在凋残，都触及人类最隐秘的悲哀。夜幕低垂时，一家家的窗子关闭，悄悄传递命运的讯息：'时日不断消隐，生命逐渐步上迟暮之年。'"

然而，文章中所显示的人世态度却让我甚为感动，她以一种缓慢而坚毅的语气，款款叙道，生命的霓裳，再是华美贵重，终究"会褴褛不堪，幽幽磷火会在墓前踯躅，但活着的每一刻，我都在缝补生命的衣裳"。

是的，我们理当修补生命这唯一的一件衣裳，它的起起落落，我的缝缝补补，造就了无数孤独与凄凉的补丁，它的外观变得丑陋了，容颜凋垂，情境暗淡，但代表生命本质的那颗星子一般的心灵却恒久不变，并愈发精致与美好，富有迷人之光泽。压伤的芦苇，他不折断；将残的灯火，他不会吹灭。是的，这就是诗与思的生命，此种生命在其欲堕还飞之间，便有了一种主动、坚定而勇敢的选择。

美国的基督徒考门夫人曾有一个精彩的譬喻，她说："一块值五块钱的钢铁，如果做成马蹄铁，可以卖十块钱。如果做成细针，可以卖三百五十块钱。如果做成小刀，可以卖三万二千块钱。如果做成钟表上的发条，则可以卖到二十五万块钱。但是，一块钢要想值到这么多钱，需要经过多少次的锤炼啊！越是历经反复的锤炼、锻打、火烧、雕琢的钢铁，越是值钱，这是人所共知的。"

这个譬喻，寓意颇深，可以帮助我们培养起缄默、安静、坚忍的品质。经历苦难磨炼最多的人，常常也是结果最为丰盛的人。她说："人生是一个谜，在这个世界之外，神给我们准备了另一个服务的处所，那里需要经过高强度锻炼的灵魂，从事特殊的工作。否则无法解开这个谜。只有刀锋最锐利的车床，才能加工出最精细的产品。"

在生命的锤炼当中，勇力品质特别重要，如果足够勇敢，并负责到底的话，道路一定是走得通的。但这样的人少之又少，浴火与重生的关系是生世之谜至为关键的所在。勇气，抑或怀疑，才是巨大的问题。因为，重生的恩宠只是专门奖给有勇气者的，他们有此权利，白白得着。恩宠从来不是必然律，它与业力不同，不属于人类共同的命途。

也是在那同一个晨间，我又读到了另外一段话，让我很是欢喜，这是生活在美国南部的孙智燊公，他在翻译乃师方东美先生的英文稿《诗与生命》（*Poetry and Life*）时，给出的一段富有大勇之力的话，转到了我这里来："智慧（菩提）要求我们投身到生死海之烦恼界中，找一个高尚目标，为之奋斗，勇猛精进，大雄无畏。"

对诗人如是，对我们一切的常人而言，人生悲剧之终幕，亦将是精神胜利之凯旋。生命的冬夜，便以此慧力与勇气来照亮。"当夜晚的月光陪我进入长梦，我虽孤单，似乎也脱离了生之桎梏，我是一只自由的鹰！"

二

人生显然是艰难的。遭遇生命的冬夜，尤其需要以勇气与智慧来照亮，前者也意味着入世的责任，后者意味着超世的自由。生命需要一种可贵的平衡，恰如于一条河流当中泛舟，这也吻合经验主义者的逻辑。它不但意味着控驭舟船的技术，更意味着一种平衡河流两岸之艺术，不走极端；虽了解左右，而不过度耽搁，因为其目的是抵达某种极致的境界，越过了那无数的河道，臻达自由的大海，找到那座光明的岛屿。

故无论是理入还是行入，大脑，还是手臂；智慧，还是勇气，皆当求其平衡，不执溺于任何一端，应机应境而笃定沉稳，以于人世的漫漫生死道的路途中，或登高，或行远。

所谓勇气，与我们的责任相关，来自我们的行动力，来自我们劳作的手臂与双足，是生命在世的真实健行，精气十足。"万人欲将此火熄灭，独吾将此火高高举起"，这正是勇者的生命姿态。让我们持续行动，富有大勇之气，无论会发生什么，都履行我们的责任,并随时准备奋力拼搏,那么,我们必当看见光明岛。孔子是至师,而他却说,"十室之邑,必有忠信如丘者焉,不如丘之好学也!"

佛陀说:"你们每个人,应当以自己为岛屿,以自己为皈依,不以任何他物为皈依处;以真理为岛屿,以真理为皈依,不以任何他物为皈依处。"

当人们说自己是佛教徒时,并不是因为从此外在有了一个神,而是拥有了一份信心,知道本具的自心自性,就是至尊的佛性。况且,没有任何一个人的饱食,能够缓解他人的饥饿;也没有任何人因为其目睹过上帝,就可以拯救他人。除非他自己得了饱食,自己可以看见。于是,作为责任的行动,就成了在世的共法,这也是《薄伽梵歌》的精神要旨。

《薄伽梵歌》无非就是这么一句话:"起来吧,王子,请抛弃怯懦,抛弃软弱,站起来,去战斗,进到这个火热的、真实的人世的战场,把你的所有观念、所有美德、所有的宗教与信念,在其中好好检测一番,好好锻造有你自己生命在场的真精神、真信仰,成为真实的根基!"

而所谓智慧,则与我们的自由有关,它来自我们的安定,来自我们的平静,与我们的锋利而能分辨虚假与真实的觉性禀赋密不可分,它属于萨埵(清明)性质的大脑,是生命在此深度冥想的结果。

当孔子说"从心所欲"时，这意味着自由与智慧，因为平衡才能行远，他又补回"不逾矩"三个字，意味着责任与勇气；同样，当佛陀说"应无所住"时，这意味着般若与超世，复又因平衡才能行远，他便补回了"生起心"三个字，意味着行动与入世。他们的心意是如此地相通相应，一样地平衡而幽远，一样地高妙而稳妥。不但缘起性空，还需性空缘起；不但明确了色即是空，还需要洞察空即是色的究竟。

这便是文化与文明的大道之所在，亦即刚健有为的创造精神，又兼备了渊默与善载，虚怀雍容，构成了中国《易经》学问的"乾坤"二母卦之象，构成了平衡；在印度的《薄伽梵歌》里面，也有这种平衡的道理，它原本就是对印度古老的吠陀哲学最好的评注——其奇妙处在于，克里希那教导阿周那这一哲学，是在战场上。并且，《薄伽梵歌》每一页熠熠生辉的教导，都是紧张的行动，但在这紧张的行动中，却是永恒的宁静。这是最高的行动哲学，是行动瑜伽的秘密，是依照吠陀知识而行的生命真谛。

这种勇气与智慧的平衡，用辨喜尊者的话来说，就是：

理想的人当是这样的：他既能在最为寂静和孤独中发现最为强烈的行动，也能够在最为强烈的行动中发现沙漠般的寂静与孤独。他已经掌握了克制的秘密，已经控制住自己。他可以穿行于现代都市交通繁忙的街道,而其心灵平静如同他隐居于洞穴,没有任何声响可以到达那里;而同时,他在任何时候都处于强烈的行动之中。这就是行动瑜伽的理想之境。

三

戊戌年的炎夏假期,我进到了莫干山避暑,时值台风刚过,所以,我们众人是在浪尖上相逢的,人气一强,风气便弱,进而风平人定。我入住的是民国别墅"怡柯小筑",是莫干山中富有历史感的客栈,它独占一个山头,隐蔽而安静,树荫与水潭却又自成一体。我所住的二楼房间,有一个大露台,开门即是山川,我于习习凉风中,静听虫子的鸣唱,这里是自然与人文的双重大手笔,在时代与永恒里面勾勒着。

我在山中盘桓了几日,印象极佳,不但遇见了旧友,还结识了新知,饮了好茶,故而令我生出了许多怀想,甘心舍下整个时代。我于此间有了余暇,便可以重新思考平衡的要义,涉入情命体的本质。

如果说,孤独确乎是道尽了生命的真谛,那么,怀思一位他者,则更是洞见了人世的许多艺术、许多奥义,崇高如人神交欢,平凡如男欢女爱、友朋切磋,复如心物之交相往来,皆属此类。这便构建出了一个有情的世界,就连"独与天地精神相往来"的中国诗人庄子,他也是爱着自然、爱着道,虽然所爱"无为无形",

但亦属"有情有信",故有梦蝶之思,有心灵与花物之相祭。

我已经发觉,生命行程当中,只是二元性的平衡,似乎少了泉水之甘洌,有点像暗淡的沙漠。而且,勇气纵然可敬,不免枯燥索然;智慧纵是高妙高明,只是过于超离,缺少了无穷的人世情味。于是,我复又想起了《论语·子罕篇》里,有"智者不惑,仁者不忧,勇者不惧"一语。此处,智、仁、勇三种德性——智慧与觉性通向"大脑",仁爱与直觉通向"心灵",勇气与理想通向"手臂",这才是趋于圆满的平衡。此处,所谓的"仁"者,就是心中有爱。正如辨喜所云,"责任很少令人愉悦。唯有用爱来润滑它的轮子。唯有怀着爱的责任才甜美愉悦,唯有在自由中,爱才放射出光芒。因为,爱是人的本质"。

存在界,其实一直有两条安稳的路径,十分美满:

一条是经由自由始,通过爱,落入了时代与社会的责任,成了大境界的人,如佛陀。

一条是经由责任始,通过爱,抵达了灵性与喜乐的自由,成了大自在的人,如孔丘。

这是两种能够把一己之身,与广大人群联结起来的浩大生命,特别惊人,既有高明的大境界,又有于人世健行不息的实践品格与才具,不逃避、不自欺,俾得真正的大自在。而且,因为有了爱作为中介,一切就特别地圆润发光,浑厚而华滋。爱是一种有距离的创造,内心有了大信心,如同黎明的鸟儿,对着曙光自在歌唱，它与普通的确凿知解不同，其歌唱并非因为心中有了明确的答案，而是因为它的心中有歌。

西伯利亚的劳役犯，与勤劳的母亲，其劳动的性质是一样的，但心中所怀有的情感，就大为不同。对于爱抱怨的人而言，所有的责任都令人不快，任何事都不会使他满意，其整个人生将注定是一场败局，是沉痛的。而因爱的在场，却又使同样的劳作遍布光辉，所有的不满与忍耐，皆化成了饥渴与神往，而劳累与疲惫本身也成了醉人的美酒。有爱的心灵，其所伸出的双手，也将温暖冰冻的世界与冰冻的人心。黎巴嫩诗人纪伯伦云：

有人对你们说生活是黑暗的，你们疲惫时重复疲惫者的话语。
而我说生活的确是黑暗的，除非有了渴望，
所有渴望都是盲目的，除非有了知识，
一切知识都是徒然的，除非有了工作，
所有工作都是空虚的，除非有了爱；
当你们带着爱工作时，你们就与自己、与他人、与上帝合为一体。

同样，在中国人的《易经》里面，上经以乾坤为母卦，效法天地之精神，即其一效法"天之行健"，健动恒动，生生不息；其二效法"地之博厚"，厚载雍容，虚怀以待。嗣后，下经冥以"屈信相感而利生焉"的咸卦来开篇,以"憧憧往来,朋从尔思"展开了青春的欢颜与人世之物情,正是辨喜与纪伯伦所推崇的诗意生活,与"爱的哲学"。孔子问:"天下何思何虑?"复又自答曰:"天下同归而殊途,一致而百虑,天下何思何虑?"一致而百虑,殊途而同归,尽在"崇德而广业"的世情物情中建构。于是,人间行走的另一层平衡而又富有动态性的结构呈现了出来,十分美满。这就是《易经》的流水哲学,是一种生命的大义,"崇效天,卑法地,天地设位,而易行乎其中矣"。故此,子曰:"易,其至矣乎!"

……

就这样,我在莫干山的山中,踟蹰而又徘徊着,沉吟着,连时代也成了一个水中的倒影,映现于屋前的水潭中,而世界与人情,却借此谱成了一曲新歌,诚如飞鸟的高翔与鸣啭,在人心里面,可以一飞冲天,啼唱出来的那一款心灵妙曲。这曲子中因为有了你,有了我,有了世界的复杂情味,更有了存在的恒常朗照,日月星辰、青冥浩荡便充满了意义,充满了光明。

借着创造的幻想,发为灿溢的美感以表现生命的,就是诗,亦是编织生命之梦的最好资具。在时间的生灭变化之历程中所长期忍受的悲剧感,到了一种境界,即为永恒之极乐所替代。诗歌之慧眼,勇力之品质,实在可以帮助我们跨过种种现实中卑陋存在的藩篱,而开拓出精神自由之新天地——生大慧解、起大智度,证大自在、得大解脱。

于是，我们便可以自自在在地漫游于诸世界，不凝滞，不悲伤，不驻也不流，不贪也不嗔，悠然闲适，喜乐欢畅；无论是在山中，还是在山外；是天涯，抑或海角；在人类之城，还是漂泊于自然的家，"惠特曼认为世界就是一场漫游者的约会，这些漫游者背着行囊，就像是一群达摩流浪者"。世界始终是属于这样的漫游者的，是他们的相会与相知，是他们的离别与思念，构建出了世界的深沉内容。

深 入 的 遇 见

不 了 了 之 , 是 世 间 之 常 则

印度的日常甜品与糖

我想，人们对甜味的最初记忆，大概皆是始自母乳。于是，对此原始的味觉依恋与怀想便伴随了终生。然人类各个族群嗜甜习性之深，似乎皆莫如印度之甚。

刚来印度，我对这里的糖还没有特别的印象。有一次泡咖啡之际，像往常一样的匙量，把糖加入了热乎乎的咖啡，结果，发现甘美醇厚、异乎寻常。而且，喝完咖啡一看，杯子里面居然还有不少尚未融化的晶莹糖粒。我就隐约知晓，印度这边糖的颗粒与纯度大大地不同于自己以往的习惯性认知。

后来，在大街小巷行走时，便到处发现印度的甜食店，它们专营各种品色不一、样貌迥异的甜食，有红色、有黄色、有乳色，有球状、有砖块状、有三角状，然皆是糖类制成的日常甜品。无论在通衢大道，还是置身于穷乡僻壤，此类小店几乎比比皆是，几步之遥，便有多家负势轩邈，互竞高下。除了在各个城中见着外，即便于城市的周边，譬如加尔各答西北部的稻田与水池围绕的乡间村落，像卡玛布库尔（Kamarpukur）与加兰巴蒂（Joyrambati）等地，也是一样地店面林立。

看样子，印度人吃糖，并非一时一地的偶然现象，而是普遍的、恒久的热衷。难怪季羡林老先生会就着敦煌残卷透出来的一线指向印度的蛛丝马迹，就专门写成一部盛大恢宏的巨著——《糖史》；也难怪印度的历史上会有一个名字煞是奇怪的王朝，叫作"甘蔗王朝"，国王则被称为"甘蔗王"（Mahārāja Iksvākú），最终繁衍出太阳族部落的英雄后裔罗摩与释迦族伟大的圣人乔答摩·悉达多。马鸣的《佛所行赞》（卷一）提到佛陀的父亲时，如此表述其家族的谱系："甘蔗之苗裔，释迦无胜王，净财德纯备，故名曰净饭。"

据说，早在公元前5000年，印度人意外地从甘蔗里面尝到了远愈母乳的甜味，于是异想天开，把成熟的甘蔗榨成浓汁，然后加火煎熬，很快，锅底便出现了团块状，呈暗黑色的物质，这可能就是最原始的蔗糖了。公元前6世纪，人类大规模的战事和波斯帝国的兴起，给欧洲带来了亚洲风味。波斯皇帝大流士带领军队侵入印度时，在甘蔗林里，就发现了这种"味道甜美的芦苇"，只是颇为不解，为何"芦苇产蜜，而不见一只蜜蜂呢"？

时至今日，一种拉着一车甘蔗的简陋小车，于各个街巷贩卖新鲜甘蔗汁的小贩还时时见到。我原以为是卖甘蔗的,哪里知道,人家立刻就给你榨成汁,好家伙,一杯充满天地元气的、浓甜无比的甘蔗汁就端呈给你饮用。

根据季羡林先生的考证,人类最初的蔗糖加工技术确实起源于印度,他的证明思路很有意思,乃是基于词源学的一脉线索而获解。他在欧洲留学时就注意到了,尤其是学习了梵文以后,发现一个有趣的现象:很多国家对"糖"的发音皆很相近。譬如,在英文中叫"sugar",在德文中叫"zucher",在法文中叫"sucre",在俄文中叫"caxap"。他的结论极为精妙:这相同的发音,就意味着它们有着一个共同的源头,换言之,该发音所代表的事物也必是外来的。

后来,他还在中国一纸敦煌佛经残卷的背面发现了同样发音的"煞割令",基于老先生深厚的梵文功夫,他于是断定,这些全都来自印度,因为,最古老的梵文语汇里面就有一个词语"sarkarā",其意义即"糖"。而表示"冰糖"或"水果糖"的字也有类似规律:英文叫"candy",德文叫"kandis",法文是"candi",其他语言也大同小异。而根源就是梵文"Khaṇḍaka"。季老先生说:"根据语言流变的规律,一个国家没有某一件东西,这件东西从外国传入,连名字也带了进来,在这个国家成为音译字。"在中国,这样的例子就很多,比如咖啡、可可、啤酒、巧克力等,举不胜举。

而中国人对食物历来是"执色以求",讲究食物的视觉至上,加之精益求精、青出于蓝的思想,便于生活中借净化技术勾兑,那种灰暗不洁的糖色,便被加工成晶莹剔透、色味双全的白糖。正如《新唐书》(第二百二十一卷)所言:

> 贞观二十一年,(摩揭陀)始遣使者自通于天子,献波罗树,树类白杨。太宗遣使取熬糖法,即诏扬州上诸蔗,拃沈如其剂,色味愈西域远甚。

结果,这种成色洁净的白糖就逐渐进入了世界的流通。所以,如今即使在糖的母国印度,"白糖"的名字照样叫作"cīnī",意思是"来自中国的"。

糖在今天到处都是,但普通人消费得起糖,不过是近一二百年的事。近代以来,进入印度的英国人极为喜欢甜品。他们有多爱吃糖,可以举一个例子:一战后,当回忆起战争期间最艰难的事时,很多英国人会说,"食物短缺,没有糖"。在17、18世纪的英国,糖是财富的象征。贵族为了彰显特权身份,会制作各种"糖雕",就是生日蛋糕的前身。糖在当时有五大用途,特别不可思议:药品、香料、甜味剂、防腐剂和装饰品。作为一种奢侈品,普通人可消费不起。这些糖或糖制品,只流通于高阶层精英或显贵人士的家庭,是他们的专享稀有物,真正流入寻常百姓的家庭，是 18 世纪之后的事情。随着海外的扩张、全球贸易的兴盛与技术的发展，英国人最终在各个殖民地建立起了自己的蔗糖种植园，才令糖产量大增、价格降低，逐渐进入寻常百姓家，老百姓生活中的日常五味才得以俱全，糖完成了从奢侈品到生活必需品的转变。

而靠糖发家的利益集团，则一直在鼓励消费更多的糖。除了日用，还通过宣传，将糖纳入社会礼仪之中。糖，成为美好品德的代名词。比如宗教节日中的甜食代表对神的尊重，送朋友甜点代表善意，送病人甜食代表关爱。人们逐渐相信甜食的文化内涵，更大规模地消费糖。

在内在需求和外在引导的双重作用下，糖成了英国人的生活必需品，还逐渐与茶结合，成为英国人的主要饮品。于是，他们在孟加拉地区饮着甜茶，在大吉岭看着白雪，在南印度的海边则谈论着梵文与雅利安人的高贵血统。

记得康有为在晚清的时代乱离当中，亦曾流寓于此，他对印度这边的粗陋食物极为失望，极为不满。但抱怨之余，还是不忘记下一句："印人食无可取，惟糖物甚多。"几个月下来，对此言的全部意涵，我已深有体会矣！

东学西渐第一人：斯瓦米·辨喜

近代印度风起云涌，而其中为推动世界文明的进程、在人类精神领域做出卓越贡献的印度人物，有两个极重要的代表，一位是罗宾德拉纳特·泰戈尔（1861—1941），一位是辨喜尊者（1863—1902）。在一般人的认知当中，泰戈尔的身份是文学家、诗人，而辨喜则是一位宗教家与神秘主义者。一属诗国之巨擘，一属宗门之雄杰，各自管领各自的星系，各自放射各自的光辉，分明是十九世纪末叶以来，印度乃至全人类孪生并立的精神之重镇。而在这些身份的背后，他们都是"觉悟者"，还是"Bhakta"，即神的奉献者。我们此处简单地介绍一下辨喜。

辨喜作为印度的先知，现身于人类文明之世界，真可谓是因缘际会。早年，他就受过良好的西式教育，遇到精神导师之后，又接上了印度自古流传的密修传统。古老的印度文明万壑归流，而他成了应时而生的那个人，几乎每一种传统都能在他那里得到回应。他曾经漫游印度，又游历欧美，从一个无名的托钵僧人，骤然变成世界级的灵性导师。

尽管人们希望了解辨喜作为"东学西渐第一人"，在西方传播印度的吠檀多哲学与瑜伽思想，但困难之处在于，这个人的神秘性是不可以言传的。他短暂的一生，留下太多精神世界之奥秘，留待后人去开掘。

1863年他生于印度加尔各答市一个颇有名望的刹帝利家庭，父亲是加尔各答高等法院的律师，母亲是一位虔诚的印度教徒，她熟悉《摩诃婆罗多》与《罗摩衍那》，这是辨喜小时候重要的精神营养。据说他出生前，母亲做了一个大神湿婆愿意生为她儿子的梦。家人将他取名为纳兰。小时候的辨喜，就是一个神童——他痴迷于体育与阅读，为此时常缺课，但最后总能以优异的成绩通过考试。

在考进大学之前，纳兰对西方哲学与历史已经拥有广博的知识，并对近代科学有独到的领会与理解。值得一提的是，深度冥想似乎是他自小就养成的习惯。冥想给了他内心的安宁，但是他很渴望了解神的奥秘，奥义书中的智慧传统对他影响很深。他感到非常有必要去认识一个已经见过神的人，于是他开始四处拜访知名宗教界人士或圣人。

有一次，他去找印度著名诗人泰戈尔的父亲德宾德拉那·泰戈尔，此人素有"大仙"（Maharshi）之称。纳兰问："先生，你看见过神吗？"这位宗教领袖无法回答，但对纳兰颇为赞赏，说："我的孩子，你有一双瑜伽士的眼睛。"

可纳兰很失望，此后他在其他有名望的圣人那里也没有得到满意的解答。当时"时母"（Kali）神庙的祭司罗摩克里希那，在加尔各答一带已是家喻户晓。然而起初纳兰对探访此人毫无兴趣，认定那是一个没有多少学识的乡下人。但在种种机缘之下，他们还是于1881年12月见面了。

出乎纳兰的意料，他的永恒之问——"先生，你见过神吗？"居然得到了干脆而肯定的回答。更令纳兰震惊并且迷惑的是，罗摩克里希那把他看成是圣者的化身。罗摩克里希那泪流满面，好像两人已经认识了很多年，说："啊！你来得这么迟。你让我等了这么长的时间，多么不仁慈！听着那些世俗之人没有价值的谈话，我的耳朵都快被烤焦了。哦，我是多么渴望找到一个能理解我思想的人，以卸下我心灵的重负！"他合掌说："主啊！我知道你是古代圣人纳拉亚那（Narayana）的化身——诞生于地球上是为解除人类的苦难。"

一开始，纳兰自然将这些视为疯言疯语。但在随后五年的深度接触中，这个看似疯狂的祭司慢慢征服了纳兰倔强的内心。

他们之间更像是一场交锋，而不像师徒之间的对练：一方是受过良好教育的、咄咄逼人的青年，他拥有剃刀般锋利的理性和对西方哲学、科学、逻辑学的深厚知识；另一方是一位没有受过基本教育的婆罗门祭司，他来自孟加拉一个偏僻的农村，唯一的武器就是对时母女神的信仰。但最后，是罗摩克里希那俘获了雄狮一般的纳兰。罗摩克里希那近乎文盲，可是记忆力超群，对经典的熟悉程度令人惊愕，引用时信手拈来。

1884年纳兰的父亲突然过世，加上家族纷争，整个家庭陷入了沉重的债务和困顿之中。这段时间，纳兰对于导师的爱和信念进一步加深。正是导师的恩宠使他直接体验到了神性，结束了他作为一个信徒的所有怀疑和动摇。

罗摩克里希那的名声越来越大，许多像纳兰一样的有志青年纷纷来拜见，成了他的信徒，有些后来成为第一批罗摩克里希那教团的托钵僧，共十六人。

1885年，罗摩克里希那患上喉部疾病，后来被诊断为癌症。但他不顾医生忠告，继续给人指导，并经常沉浸于狂喜中，使得病情加剧。后来转移到花园之屋（Cossipore），就是在那里，这位圣徒把日夜轮流照顾他的年轻信徒们，聚合成一个组织严密的团体。

罗摩克里希那将具体的细则，传授给当之无愧的领袖纳兰。那些时候，纳兰依然在探索着印度宗教中的至高体验——无余三摩地（Nirvikalpa Samadhi），但他的热切追求被导师打断了。

1886年，导师圆寂后，纳兰等人租房子、立制度，过起了僧侣生活，这是人类历史上第一个罗摩克里希那修道团体。从此以后，这几位20岁出头的年轻人就生活在完全的弃绝与贫困之中。关于那段修院岁月，斯瓦米·尼哈拉南达（罗摩克里希那的灵性伴侣室利·黛维的直系门徒，在美国影响较大）有一段描述：

他们睡在硬地板的草垫上，一些圣人与神灵的图像挂在墙上，各处放着一些唱诵用的乐器。那里的图书室大概有上百本书。不过纳兰不想让同门兄弟们成为被痛苦折磨与扭曲的苦行者，觉得他们应该通过吸收当前世界的思想潮流来开阔眼界……他们对亚里士多德和柏拉图，康德和黑格尔，商羯罗、佛陀、罗摩努阇、摩陀婆、柴坦尼亚等人的思想进行深度讨论。印度教哲学中的智慧、奉爱、胜王与行动等瑜伽体系，都得到了他们充分的注意与分享，而在将罗摩克里希那的教导与经验调和这一点上，他们有明显的不一致，但唱诵赞歌又缓解了他们枯燥的讨论。

他们在临时的修院短暂逗留，此后便各自展开了托钵云游的生涯。纳兰云游印度，一边乞食，一边与群山密林之中的隐士们接触学习。他偶尔生活在国王的宫殿或者富人的宅邸，隔夜也许就会住进一无所有的穷人家中，甚至留宿野外。他经常食不果腹，也常与牲畜棚里的动物同住。

印度革命家与精神领袖提拉克曾于1892年遇见漫游途中的纳

兰，那时他是一个寂寂无名的神秘僧人：

一次，我从孟买到普纳，在维多利亚站头，几位古吉拉特贵族正为一名僧人送行，他们把他带到我的车厢里，向我郑重引荐，希望他在普纳的这段时间能住在我的房子里。我们到了普纳，相处了10天左右。当我问起他的名字时，他只是说自己是无名的托钵僧。他不在公众面前讲话。而在家里，他常常讨论不二论哲学与吠檀多。这位尊者退避世俗，绝对是身无分文，他的全部财产包括：一张鹿皮，一两件衣物和一只钵。在他的漫游途中，常有人为他施舍车票。

纳兰虽然衣衫褴褛，但天生具备的威仪令他在所到之处都特别显眼。著名文学家罗曼·罗兰曾写道："无论他身在何处……每个人只要一见到他，就会以他为领袖。他受过神的膏油，所以上苍已经将其伟力的标签印在他的额头。一位旅行者在穿越喜马拉雅山时，虽然根本不认识他，但一看到就立即站住，充满敬畏，而且惊呼——'湿婆！'"

纳兰曾参拜喜马拉雅山的圣坛，漫游土壤肥沃的印度平原，顶着烈日穿越拉贾斯坦沙漠和德干高原，也在科摩棱海角歇脚。他还长久地停留于印度洋的腹心——孟加拉湾与阿拉伯海，并坐在海中的大岩石上，沉浸于深深的冥想。

我曾经朝觐过喜马拉雅山中部的阿臾拉最著名的一个洞穴

（Kasar Devi Cave），找到了辨喜当年打坐的一个洞穴，是一个中空的怪石，嶙峋异常，里面仅可容身一人。据说，辨喜在这里曾达到了极高的灵性境界，他的东西方弟子后来记载道，有三天三夜的时间，他几乎全在那种深度的禅定当中。现在，边上有一个金属做的示意牌，说明了尊者当年的修行境界与后来远走欧美的原因，见出其入世的极伟大的一颗悲心：

正是在此峰此洞，孤耸云天，辨喜尊者进行巅峰的精神修炼，极为严酷，时在1890年的9月。他的灵性越来越高涨，有极高的精神启示，他的脸上闪耀着神圣的光芒，如同火焰的照射。但是，当他到达精神体验的顶峰时，他感到了一种巨大的冲动，要为受苦受难的人类服务。于是，他从个人的灵性喜乐当中走了出来，准备为这个世界工作。

这样的时刻终于来了。纳兰游历古吉拉特和马德拉斯的时候，一些朋友就曾建议他去参加在美国芝加哥举行的世界宗教议会大会。虽然他接受了这个建议，但并不确信已经逝去的导师是否同意。结果他当晚就看到一个图景：罗摩克里希那跨海西行，并且让他跟上去。这时导师的终身伴侣——室利·黛维恰好来信，得到了她的肯定与祝福之后，所有的疑虑就烟消云散了。

此时，他的计划变得清晰生动起来。他将去美国，传播吠檀多哲学与瑜伽实践,然后返回印度,建立一个服务于穷人和受压迫群体的僧侣团体。

纳兰让当时西方人的宗教团体"神智学社"推荐他为会议代表,但是遭到拒绝。他并不沮丧,最后在拉贾斯坦一位大君的帮助下,他于1893年5月31日从孟买起航前往美国。途经香港、广东和横滨,7月30日抵达芝加哥。因会期推迟,他又流浪于波士顿等地,后来在很多热心人士——如哈佛大学教授赖特(Wright)的帮助下,终于作为印度教正式代表参加了宗教议会大会。

在大会之前,纳兰确定了"辨喜"这个名字。会议于9月11日至27日在芝加哥的哥伦比亚大礼堂召开,辨喜的首次发言就大获成功,观众的掌声持续了两分钟。那是一个简短的讲话,其中宣扬的普世精神与会议的思想基调完美一致,非常振奋人心。

于是,一个托钵化缘的普通僧人,转瞬间成了一个光芒万丈的存在。这就是他接下来直到离世前的生活状态,也是他的导师所希望的——成为一棵可以给千万人遮阴的大菩提树,而不是一个专注于个人解脱的隐士。现在,这样的时刻到来了。

此后辨喜频繁地奔走各地,发表演讲和谈话,并于1895年暑期在纽约附近的千岛收了十二位门徒。在这个岛上的谈话,成了他最富于魅力的作品之一——《千岛语录》,那些门徒后来成了在西方传播印度文化的重要力量。

辨喜也在著名的学府——如哈佛大学、哥伦比亚大学演讲，同美国的高级知识分子交流观点。通过他的不懈努力，众多美国人、英国人开始理解与欣赏印度教，历来因西方传教士的歪曲而造成的误解逐渐被消除。他在海外的意外成功，也使得某些基督教狂热分子和印度教的某些支派颇为妒忌，他们曾试图迫害甚至刺杀他。

从1895年9月至1896年4月这段时间，辨喜发表了许多重要的讲演，如《吠檀多哲学》《实践的吠檀多》《吠檀多的精神与影响》，同时也形成了他著名的《行动瑜伽》《虔信瑜伽》《胜王瑜伽》与《智慧瑜伽》等。譬如《行动瑜伽》，我译完此书后，曾专门评价过：

《行动瑜伽》一书，乃辨喜尊者悲心怀抱之作，以极深透作极浅显语，句句实言，没有一句不是真气弥贯其中，故精气十足，神力贯注，汪洋恣肆，浩浩荡荡！令人一读之下，便心思大开，所谓"云从龙，风从虎，圣人作而万物睹"，闻风而相悦，读之而神旺，快慰无可匹敌。

悟道实有深浅之分，浅者无幽趣，故几言下来，便已袒露再无余绪；唯深者渊默如北冥，故鹏鸟一旦放飞，即作九万里之遥想。

他还游历了英美与欧洲大陆的许多国家。在返回祖国之前，辨喜把师门两位兄弟萨拉达南达、阿贝达南达请出去，担负自己在美英两国的文化传播重任，而他则经锡兰返回印度。1897年1月15日到达科伦坡，在那里作为印度的民族英雄他受到空前热烈的欢迎。他又回到马德拉斯、加尔各答，其著名的演讲集《从科伦坡到亚尔莫拉》就在此时产生。他对成千上万的民众演讲，洋溢着印度爱国主义的力量与自豪感。

然后，辨喜进入生命中另一个繁忙的阶段。他在美国的演讲，目标是通过对吠檀多的宣扬，消除听众的误解；而在自己的国家，主要目标是通过消除迷信，来唤醒印度人的自信与力量，尤其是对自己的文化与宗教的自信。他曾说：

> 印度是不会衰亡的，如果她坚持这种对神的寻找……我的意思绝不是说，政治的、社会的改革不重要，而是说——我希望你们能够铭记在心——它们在这里是次要的，最重要的是宗教……如果印度不再沉睡，那么无人可以抵制她的魅力；没有外在之力可以阻挡她，因那巨人正从其足底逐渐苏醒。

1897年5月1日，他将罗摩克里希那的所有门徒聚集起来，建立了"罗摩克里希那传道会"。后来，他在恒河的西岸买了一块空地，在那里又建起了配有圣坛的寺庙。1898年12月9日，他在此处安置了导师的遗骸。他总共建立了五座修道院，包括位于喜马拉雅山山中的幻住庵（Mayavati）。此后，辨喜就将注意力转移到训练年轻信徒方面。

他有几次朝拜各处的圣地，还去英美了解自己工作的进展，参加了1899年在巴黎召开的宗教会议，于1900年12月返回加尔各答。因他极为敬重佛陀，最后一次的朝觐是去菩提伽耶（佛教诞生的地方），当时是1902年1月，一位日本学者冈仓天心陪同。

罗摩克里希那在世的时候，对于辨喜还曾预示了两件事：一是他活不到四十岁，当他认识到自己是谁的时候，就会自愿抛弃自己的肉身；二是他将会成为人类的导师。

1902年他去世前的一些日子里，曾向一个师兄弟吐露说，他现在已经知道自己是谁了。

在他离开前的最后三天，他指示众人在哪里火化自己的身体。他仔细查看过年历，安排好了日期。

在他生命的最后一天（1902年7月4日），他起床很早，关闭了所有的门窗，于圣坛所在的房间做了一次不寻常的、持续时间很长的冥想，然后对门徒讲了三个小时的梵文语法。到了晚间，他散步很久，回圣坛参加晚祷，最后回转到房间。进行了一段时间的冥想后，他躺在床上，伸展自己的身体，晚上九点就安静地停止了呼吸，溘然长逝。

他走完了三十九岁短暂而辉煌的一生。他临终时曾说："我为我的降生而高兴，为我遭遇的苦难而高兴，为我犯下的大错而高兴，为我归于平静而高兴。"

辨喜第二次访美时，做了一个名为《人类世界的伟大导师》的讲演，其中说：

当一个国家衰落时，每种事物似乎都瓦解了，然后这个国家重新获得力量再度兴起，一个巨大的波浪，或者有时一批波浪互相激荡着而来。在其浪潮的巅峰，常常出现一个光芒四射的灵魂，一位福音的传播者！

这段话原是出于对历史的观察，却也正好对应了印度近代的那段历史，或许辨喜当时没有意识到，自己正是一位"福音的传播者"。

罗摩克里希那的另一个预言，也准确地生效了："他们就像是巨轮，不仅自己穿越过海洋，还载着众多乘客，渡往彼岸。"

乔答摩王子告别妻儿的那个暗夜

英国小说家毛姆写有小说《月亮与六便士》，里面有一段很好的话，说道：

我们每个人生在世界上都是孤独的。每个人都被囚禁在一座铁塔里，只能靠一些符号同别人传达自己的思想；而这些符号并没有共同的价值，因此它们的意义是模糊的、不确定的。我们非常可怜地想把自己心中的财富传送给别人，但是他们却没有接受这些财富的能力。因此，我们只能孤独地行走，尽管身体相互依傍却并不在一起，既不了解别的人也不能为别人所了解。

我们虽然生活在这个喧嚣的世界，其实每个人都是单枪匹马地战斗着。所谓月亮与六便士，即追寻象征着"美"与"理想"

的月亮，而兜里的六便士总是叮当作响。毛姆的小说是以法国的画家高更为原型的，虚构了一位叫作斯特里兰克的主人公，他日子过得不错，但为追求艺术，却突然不告而别，离家出走，把平庸如同止水一般的生活撞出了一个巨大的窟窿，最后却穷困潦倒，因麻风病发作而亡故。是耶非耶，留下了诸多的争议，而夜空的月亮却永远缄默。

但是，在很久很久以前的印度，那位乔答摩王子（Prince Gotama）也曾毅然离家，弃了宫廷与王位，去远方苦行与悟道，最后，目睹星月之光，而证得了圆满无碍的菩提心性，有限与无限、轮回与永恒、虚无与实存，还有俗谛与真谛，等等。人类普遍的精神困境，皆被他一举突破了。最后，他成就了人类最伟大的生命境界，并把这种境界与抵达的路径，毫无保留地晓示世人，这个就叫作佛教。

麦卡洛（Juan Mascaro）在英译本《法句经》（*The Dhammapada*）的序言里面，提到乔答摩王子告别妻儿之时，文字写得很动情，他把王子离家之夜在妻儿房间里的徘徊、矛盾和挣扎，用了一段引文做结，之后他说道："一旦言及未来的佛陀离别其熟睡中的娇妻爱子之时，是令人多么地心酸和感动啊！"

据说那个夜晚的风中传来了一个奇怪的声音："非凡的人啊，非凡的人；有一条道啊，有一条道，那是从前智者行过的道，快起来，跟我走，去寻找那光明，与人们分享。你曾生活在痛苦中，为了人们奋然前行吧,快走,快走,为了迎接最后的成就。"而乔答摩两次欲拥抱妻儿,都强行忍住,最后只是轻轻吻了吻妻子的脚趾。然后就唤来马夫车匿,对着王宫说了最后一句话:"除非我能够战胜生老病死,否则决不回来!"于是,自王宫逸出而入了深林,策马而歌曰:"汝久疲于生死兮,今将息此任载。负予躬以遐举兮,继今日而无再。苟彼岸其予达矣,予将徘徊以汝待!"

关于生命的终极追问,往往被掩盖在物质繁盛的表面之下。真理的求索者只有从这样的肤浅表象当中逃离,以一种献身的姿态去追求一种高于世俗生活的事物,他才有望获得心灵的平安与救赎。

乔答摩离开其宫廷后很快消失在未知的远方,这一切都是发生在黑夜里面。此时的麦卡洛灵思奔涌而来,这漆黑之夜令他联想起他所翻译的另外一个重要的印度文本《薄伽梵歌》,其第二章第六十九颂有云:"众生在黑夜中沉沉睡去的时候,自我控制者正炯然醒觉。众生醒来的时候,便是内省圣者的黑夜。"

学者张保胜将此颂直接以诗体出之,译为:

众生沉睡的夜晚
正是克己者清醒的时间
众生清醒的时间
则是善察仙人的夜晚

有趣的是，诗人泰戈尔在《吉檀迦利》第四十七首的首节，也说到类似的情形，恰好暗合了该颂的下半节，时间由黑夜变成了白天，寻道者的睡眠发生在常人的喧哗之中：

整晚等他不见，又怕清晨他忽然来到我门前，而我却沉沉睡去。啊，朋友，给他留个门儿——不要拦阻他。

是的，在举世欢腾、白昼降临之际，自己却又悄然进入了梦乡——这是所有精神追逐者的共同命运。他们总是与这个世界背道而驰。他们要走的是一条灵魂的暗路——由浓黑的夜，逐渐趋向于光的道路。

麦卡洛在这里也联想到基督教的圣者"十字架的约翰"所描述的灵魂之暗夜。《心灵的暗夜》是十字架的约翰的灵修之代表作，在这个作品里面，他描述了人与世界的剥离是一条艰难的灵修之路，它可以剥除我们对世界的爱恋和依赖，使我们走上与神联合的信心之路，而对于人而言，神的神秘而不可知如同黑夜本身。没有大的信心是不可以出走的：

在人与神之间，横着一片无法用理性穿透的未知之云层。穿越它，必须透过意志，这意志借着爱而得以激励和坚固。

而神本身不是黑夜，恰恰相反，神是人性的光明所向，是全然而充裕、富足而饱满的光，可是对于未曾寻见的人而言，隐藏的神，正如同一个远方的暗夜。处在不同境界之中的人，其所经验到的神是如此之不同，光和暗的差别，其实就是得与未得，出走与回归的差别。于是，灵魂需要经历种种的暗夜，感官的暗夜，心灵的暗夜，未知远方的暗夜，直到寻着，然后以一己微弱的心灵之火融入了庞大无匹的光的海洋，自己也成了光，光本身。对于乔答摩来说，那是六年以后在菩提树下获得的圆满结果。

诗人纪伯伦有一段话耐人寻味，他说：

> 我的心灵告诫我，它教我在周围居民酣睡时熬夜，在他们清醒时入睡。在心灵告诫我之前，我在自己的睡榻上看不到他们的梦，他们在他们的困盹中寻不到我的梦。可是现在，我只是在他们顾盼着我时才展翅遨游于我的梦中，他们只是在我为他们获得自由而高兴时，才飞翔于他们的梦中。

这里有觉醒者或智士的一颗悲心，正如庄周以其清澈的意识，行过了蝴蝶的内心，构成了庄周梦蝶的境界。

乔答摩王子的灵魂是"带着爱的饥渴而燃烧着"离开了其熟悉的家园，离开娇妻和爱子，在无边的暗和最宁静的夜里，"除了一颗燃烧的心所发放出来的光耀以外，再无携带别的任何火焰和指南",就此展开了他自身伟大的冒险之旅。而当其回来时候,已经物是人非了,正如那一夜的离去,再也没有乔答摩王子了,那回来的,已是一位割断人世所有尘缘牵绊的伟大的沙门——释迦牟尼。他的到来将会敲响不朽之鼓,回响在世界的黑暗中。

泰戈尔与奥坎波的传奇爱情

《在你鲜花盛开的花园里——泰戈尔和维多利亚·奥坎波》是一本奇异的书,它书写的是两位被神灵爱上的人,而他们自己,就是这样居于人性的奥林匹斯圣山上的神。他们彼此之间心心相印,彼此相爱着。他们有着无限而丰盈的缱绻柔情。他们如同热带雨林一般,苍莽浓密、浩荡无际。

我们知道,诗人泰戈尔出自近代印度最尊贵的名门望族,拥有传奇而卓越的一生,他思想深邃、雍容而博大,除了是一位伟大的宗教诗人与神秘主义者外,他还是一位深沉而热烈的世俗人文主义者;前者显露的是他圣者的面容、觉悟者的道袍,后者所呈现的,则是他入世的情怀,对两情相悦的无尽歌唱。

即便如此,熟悉《吉檀迦利》的读者还是容易忽略了后者,尤其是忽略了暮色苍茫的泰戈尔曾经于晚岁时光中呈现出来的那一抹青春不朽的光。此书就是这样一份罕见的全景式记录。

对于爱情，泰戈尔早年有过如此迷人的醉辞："容我握起你那柔嫩如莲花蓓蕾一般的纤手，把花环轻轻地套在你的腕上；容我以无忧树花瓣上那红色的汁，染红你的脚趾，再用我的嘴唇，吻掉偶或滞留于你足底的那一星尘土。"

而如今，他迎面的女神维多利亚·奥坎波也非等闲之辈，她几乎是整个现代阿根廷文学教母级别的人物，是著名的《南方》文学杂志的创刊人，孕育了拉美世界无数的文化精英；据说，上帝赋予了她三重魔力：美貌、财富与智慧。在她最恰当的年龄，因为阅读《吉檀迦利》的法语本（纪德译）而情触肺腑、泪流满面，其人生从此焕然一新，恰如诗人的诗句所云："那时，我还没有为你的到来做好准备，我的国王；你就像一个平凡的陌生人，不请自来，主动地进到了我的心房。从此，在我生命流逝的无数时光里，盖上了你永恒的印记。"

最终，奥坎波与伟大的诗人演绎了这么一段奇妙的、整整慰藉了他17年孤独岁月的柏拉图式的跨国爱情。就像泰戈尔在独幕剧《齐德拉》中所吟唱的那样："我们的音乐出自同一根芦苇，用你我的双唇轮流吹奏——至于王冠，只需一个花冠戴在你的额头，然后扎在我的发端。撕开胸口的面纱，让我在地上铺好床；一个吻，一次安眠，就能填满我们狭小而无垠的世界。"

两人的国域虽是相距遥远，一个在亚洲，一个在南美，一辈子也只遇见两次,而且年龄又相差29岁,泰戈尔曾有诗说过,"我的头发花白了,那是微不足道的小事……我永远跟村子里最年轻的人一样年轻,跟最年迈的人一样年迈。我跟每一个人都是同年的,如果我的头发真的花白了,那又有什么关系呢?"

这是一位时间之外的永恒诗人,在谈着一份永恒的恋情,该书是他携带着全部的人性,与人世人生人情恋爱的重要证词。于是,有限的人生,便走在了无限的道路上,这是鲜活而真实的生命之路,它所凭借的,就是人间世的真爱。

故此,该书是神灵借着人世的肉躯,谈着世界的爱情,极纯粹,极畅美,具有了别处所无的罕见异彩与浪漫的光辉。

瑜伽与自我生命的那一把乐器

每一个人都是天地间一把独有的乐器,找准自己生命之旋律,实为不易,必须有无数种尝试与调整。只要不是一个固守我慢的态度,即谓有效的寻找,由"非也,非也"(Neti,neti),抵达"如是,如是"(Iti,iti)。这种寻找,用哲学家的话语讲,即"没有经过深度省察的人生,是不值得过的";而瑜伽,也是一种自我旋律的寻找。故有音乐家梅纽因的领悟:

瑜伽的修习给予我们最基本的对身心的调协与均衡。回到我们身体本身来说,身体就好比我们拥有的第一架乐器,我们学着去调试它,使它达到最大限度的共鸣与和谐。

不经过反复的审查与调试,你就找不到自己的调了,弹奏不出属于自己独有的音乐。在印度教的神话中，诸神怕人找到他自己的神性，威胁神的至尊，于是把人的神性藏在了每一个人自我的内在，而人又基于习性的顽强，一心朝外追逐，愈离愈远，这是一个哲学意味浓郁的神话。

于是，就有了人的天命，就是追求自我的神性，这在印度的文化中，也即法性，梵文写作"Dharma"，为特质、天性之义。火的特性是燃烧及产生热，水的特性是清凉、流动及除垢。而人的法性，就是追求自我的圆满；进而发现，这种追求与宇宙的本体又是一致的统一。

因万物中有这一份隐藏的统一性，此正需要我们以生命来证悟——"看到你在一切事物、一切众生之间"。意识之上、之下，皆是无我状态，皆与万物无隔，是一个整体，每一座孤岛都被深海拥抱，而每一个自我，其实都是神圣者的乔装。此即一体性的经验。单是这一信念本身，即秉有无比的价值！然后再行动，在世界的风中成长。

所以，自我是一种极特殊的意识状态，因有身我之存有，宇宙种种幻相总是利用人的意识的中间地带所生成的我慢，构成了贪婪与畏惧，让我们失去这种一体感。于是，心意就成了关键因素，它可以是我们的敌人，也可以是我们的友道；心意控制好，就是朋友，否则就是敌人，故有胜王瑜伽之道,曰"瑜伽,就是控制心意的波动"。唯主动地秉持这种天赋，意志力才能够将思想转化为滋养生命的能量。据说，瑜伽士尤迦南达痛苦的时候，他只去一个地方朝圣，那就是它内在的心灵，内在最寂静之地。他也曾说过另外一句话：打着不执着、无我的幌子，逃跑、逃离生命的现场是容易的，也是怯懦的，然与瑜伽无关。在人世的行走当中，需要两双眼睛，一双眼睛看世界，一双眼睛看自我。但最重要的，是借此创造出内在的圣殿，并牢记，牧师就是我们自己。

生命正如一条河流，实有两种流动的形态，一回到自性的源头，一流入存在界的目的海。流入大海，叫神性目标的达成，梵文叫作"Dhara"；回归源头，叫作自性根源的合一，梵文叫作"Radha"。流入大海，叫宗教；回归源头，叫智慧。两者皆能觉悟自我，找到个体性。

个体性（Individuality），意味着你的唯一性、你的独特性，它不是基于与任何人的比较而来。你于人世间的存在，其无与伦比的独特性，即在于这种个体性。个体性是极美好而圆满的，是存在对你的一种造就，而个体性其实也是整全性，或圆满性，因为它就生活在（In）神圣性（Divinity）之中。而人们往往在乎的，却是铺天盖地的我慢（Ego）。我慢实在说来，与存在、与个体性无关，我慢是基于比较而形成的一种隔绝，是非联结、非瑜伽状态的围墙，它是人们属世的发明，归到了摩耶。因为存在并没有给你任何的我慢，存在只是给出一种个体性。所以，真实的人生，不能把自己活成了一个没有生命表情的公共的人，哲学上也叫作"末人"或"非人"。确实，走在庞大的人群中，想成为自己何等不易。所谓公共性，里面既有世俗的力量，又有超世俗的力量，都会让人走着走着，就走成了别人的样子，离自己越来越远，越来越模糊，最终走成了一个空虚而非我的人生。

其中有一点特别需要领取的教益，就是不要去看远方那些模糊的存在，不要执迷于神秘的事物，而是要做手边最清楚的事情。关键是真行动，是行动让我们成为自己，而不是思想。行动里面有最真实的、最切近的主体可以显化出来，涤尽杂染，澄清自我。

有趣的是，这虽是人生第一等的事，又是最初的事情，但往往是最后才完成的。所以，诗人泰戈尔才会说，离你最近的地方，路途最远，最简单的曲调，需要最复杂的练习！

宗教与艺术，其深处是瑜伽

宗教与艺术，就寻索存在的意义而言，它们与哲学实有相当之处，然而，一旦越来越哲学化，这便会背离了初衷，显得很可悲。

哲学的特征是抽象的推理，是概念的演绎，是文字的运思，再从中收获某种价值的信条。但宗教与艺术，若是也走上了这样的道路，则无异于自戕。

简言之，宗教是具体的，艺术也必须是具体的，至少，它们得是从具体起步，而不是从抽象的概念出发。两者的相近之处，皆以身体为进路，再趋向于超越性的终极存在，但此终极之存在，亦必须是真实的，可经验的，可亲证的；否则，纯然还是大脑的抽象运作，假其名为走向所谓的"超越"，那只是假面的超越。它们的可贵之处，皆在从"此在的身路"当中，找出一条"存在的生路"来，这是此身价值至大之事。这体现的正是大瑜伽的精神，属于大瑜伽的上升之路径。

哲学历来要求客观，不允许有生理、心理与情感的主观卷入，更是排除了想象，不允许有心情的参与。而宗教与艺术则相反，它们可以歌哭，可以狂喜，可以忘我，可以有观想与念诵，在身心的存在之深处，皆可以有自我的真实在场，席卷其中；然后，道路一旦铺就，便供人们抵入超然的忘世感，与神圣者相会。

但是，现实中的宗教与艺术常常不是这样的，因为里面确实含有超越性的情怀，结果却成了人们逃避现实世界的借口，谈论艺术，亦以抽象为指归，谈论宗教，亦以神学与教义为基准，身心经验，荡然而莫存。

而宗教，尤其是此间最好的名义。譬如，虽然在讲爱，但那更多地是爱的神学，而不是爱的真理。真理是关乎生命的真实的；而神学，则可以借之躲避开具体的人，而来爱抽象的神，或抽象的众生。在以灵性传统见长的国家里，譬如印度、中国，这些人就这样混迹于圣徒当中，既没有世界无常的危险，还有好名声可以一直占有，故而里面聚集了最多的虚伪、最多的虚假与虚空，人们常常会遇见。

但即便如此，这些现象本身却一点也不会影响宗教本身的稳固基础，因为那个基础是存在性的，而不基于任何的理论，与此一时彼一时的宗教或艺术的意识形态不大相同。

其实，就爱而言，爱上抽象是容易的，爱上具体却是那么地艰难。因为具体，就意味着真实；抽象，则经常意味着虚假。人们对真实的逃避，令他们开始逃避具体，正如逃避地球与重力一样，以直指虚幻的天空，倒可以摆出一副智力上的优越，并且自炫自醉于此种假面的优越；说它是假，即指其不会真爱，所以基础虚空。

于是，其产生的结果就是：爱抽象，爱不会具体；爱天空，爱不会大地；爱人类，却怎么也爱不会一个真实的人。因为这种爱，它可以逃避开任何的危险，而只出示其高明。更进一步讲，所谓"艺术"者，原本也应该是唤醒具体、唤醒生命当中爱的能力，彼种提倡"抽象艺术"者，要么是在耍赖，示其假面的高明，以假乱真；要么本身就是美学的敌人，试图败坏人们的一切崇高的进路。

确然，在西方，由胡塞尔的现象学，开启了一线哲学传达真际生命之可能的路径，与东方的生命学问有相通相会之处，但是西学旧习深缠，其思辨的传统与宗教分家几百年来，一志于斯、深固难徙，改之尤难。若非有印度神秘学带来的大启示，几乎是一种日趋没落的景象，这一点，在早年的斯宾格勒、赫尔曼·凯泽林、阿诺德·汤因比等人皆有适当的判定。没有基础的，只能叫文化，此一时彼一时，生生灭灭；有存在性基础的，叫宗教，或叫瑜伽，这是永恒的生命之术，也是永恒的精神科学。

瑜伽（Yoga）一词，与英文的"Yoke"（牛轭，纽带）同源，跟两个梵文词根"Yuj samadhau"和"Yujir yoge"有关，前者意味着"心灵的完美专注"，后者意味着"神圣的合一"。所以，"瑜伽"即帮助个体对神圣的专注，并最终与神圣者合二为一。它有两层意思：专注与合一。而根据19世纪英国语言学家麦克斯·缪勒的说法，宗教（Religion）一词，其拉丁词根"religio"的最初意义是"对神的虔敬，思考神圣的事物"，意味着"合一"；而艺术，则显然与"专注"密不可分。

所以，宗教与艺术，其深处都是瑜伽，唤醒我们真实的生命。

智慧瑜伽的终极追求

商羯罗是人类哲学史上罕见的天才，卓异早慧，拥有高耸云端的奇拔之天资，漫游印度全境时，尤喜论辩，将那个时代最著名的各派论师一一驳倒，尤其使盛极一时的大乘佛学在印度几近绝迹。正如汤用彤先生所语：

> 然自阿输迦至商羯罗，实为印度哲学极盛时代。商羯罗者，居此期末叶，吠檀多宗之大师也。印度论者，谓其智深言妙，遂灭佛法……遂至大法东移，渐成绝响，婆罗门之势乃再盛耳。

商羯罗对吠檀多原典的注疏，历来被认为是印度哲学的经典文献，而其个人的作品，重要的如《示教千则》《分辨宝鬘》等，而我现在手上的就是商羯罗的另外一本重要著作《自我知识》

（Atmabodha）的译本兼释论，即《智慧瑜伽》。

该书乃浙江大学的王志成教授在四川人民出版社推出的作品，作为对灵性大师商羯罗的《自我知识》的翻译与释论，它以汉语的形式面世，对我们的印度哲学研究以及瑜伽实践都具有重要的意义，而且作为多年来从事世界宗教多元论与跨文化对话研究的学者，王志成个人对于吠檀多哲学文本的阐释也自然为我们在全球化背景下，对于世界宗教的对话理论提供了一些崭新的理解和视角。

有趣的是，"认识你自己"，这句被刻在古希腊德尔菲的太阳神庙宇上的铭文似乎是东西方哲人一致的出发点。印度奥义书中的圣人，中国的老庄和以苏格拉底为代表的古希腊哲人都不谋而合地在此相聚晤面。而商羯罗的《自我知识》就是在延续奥义书的智慧传统的同时，对印度宗教与哲学在新时代的境遇下做出的新发展与新回应。王志成在提及这一哲学传统在西方每况愈下的衰落史时说：

> 西方哲学传统中的"认识你自己"已经发生了巨大的变化，精神智慧的传统正在逐渐丧失，已从纯粹的精神传统转向了对细微的物质客体的认识，走向了认识论的领域。

那么就印度哲学而论，什么是"自我"以及"自我知识"呢？

王志成在书中首先是引用《自我奥义书》将"自我"区分成三类：外自我、内自我和超上自我。而超上自我就是"纯粹自我，是'我之为我'的那个本质，也就是我们始终在追问的'我是谁'的那个谁"。而《自我知识》中的"自我"当然就是指这至高的超上自我，即阿特曼；而"自我知识"就是沿着这条道路进行不断分辨与精神探索，最后发现"自我"就是宇宙的本体"梵"——我即梵："从里到外，我充满一切事物，就像以太一样。我不变，在一切之中同一，我纯粹、纯洁、不依附、不可改变。我确实是那个至上的梵。这个梵永恒、纯洁、自由；这个梵唯一、不可分、非二元；这个梵具有喜乐、真理、知识和无限之性质。"

我们知道，传统意义上的知识是无法认识自我的，因为其运思的工具不外乎感官与理性。而自我极其精微，属于内在的维度。为了让阿特曼自动呈现，反而须让感官平息，理性中止。而控制感官，控制心意的手段就是瑜伽，于是《智慧瑜伽》为我们展开了对瑜伽的崭新理解。

王志成在诠释第十四颂的"五鞘"（Kosa）时说道："瑜伽的本质是让人达到个体自我与宇宙自我的亲证联结，也即亲证梵我合一。"而"五鞘"就是覆盖在阿特曼身上的五个鞘壳，即粗身鞘、能量鞘、心意鞘、智性鞘和喜乐鞘，而阿特曼藏在五鞘里面，正如火焰藏在木头，宝剑藏在剑鞘之中一样，为了让阿特曼呈现，必须通过一系列的瑜伽。作为强调自我知识的智慧瑜伽与其他瑜伽之不同在于，它是直接摧毁无明与诸多生命烦恼的火焰，商羯罗在第二、三颂中云：

正如火是烹饪的直接原因一样，（唯有）知识而非其他任何形式的戒行才是解脱的直接原因。因为没有知识就不能获得解脱……只有知识才能摧毁无明，正如只有光明才能驱赶黑暗。

所以，智慧瑜伽是直接导致解脱的究竟法门，使人挣脱灵性无明与宇宙摩耶捆绑的根本手段。但是，这绝不意味着其他的瑜伽与修行实践如行动瑜伽、胜王瑜伽、虔信瑜伽在寻求解脱方面是无效的；恰恰相反，智慧瑜伽也只有在其他瑜伽的基础上才有可能，如同启明星为白昼的全面开启而准备。这一点，该书的开篇就说得很明白："我创作《自我知识》是为了这样一些人：通过苦修，他们已经得到了（身心）净化，心中平静，摆脱了感官欲求，他们渴望获得解脱。"

这无疑为我们增进了对瑜伽的深度理解，即瑜伽的最终目的乃指向生命的解脱。何为解脱？解脱就是意识与觉知的彻底转化，印度著名哲学家拉达克里希那在其皇皇巨著《印度哲学宝库》中曾说道："臻达自由之境是指世界还保持其原样，而我们的视野却已经发生了变化，解脱（Moksa）也并不是要将此世间消融，而是将我们虚假的视域（Avidya）换之以真实的视域，即智慧

（Vidya）。"

可见，这些印度哲人通过哲学，所追求的不仅仅是"爱智慧"，而是成为"智能"本身，故"知自我者再无忧伤"，"知梵者则成为梵"。抵达此境的人也就成了移动的圣殿，世间的智慧明灯。就这种生命炼金术使得生命内在的觉知发生了巨大的变化。王志成在书中打了一个非常漂亮的比喻，即石墨变成了金刚石：同一种原子，只是因原子的内在结构的转变，极其柔软的质地成了坚不可摧的无上金刚。

另外，《智慧瑜伽》也给了我们很多面对全球化与世界宗教对话时所应持的理性态度。

因其不二的哲学特性，故智慧瑜伽坚持不同信仰的有效性，这不仅超越了排他论、兼容论和多元论，而且提供了一种自我超越的、纯粹的生活道路。

王志成在书中还引用印度19世纪的宗教改革家罗摩克里希那的一段话：

上帝既可以是人格的，也可以是非人格的，既可以有形，也可以无形。这是为什么？因为，上帝的形象依赖人的心意。如果你用强烈的感情去渴望上帝，上帝就可能是有形的、人格的；如果你用哲人的理智思考上帝，上帝可能是无形的、非人格的。

其传达出来的乃是一种不执的艺术。因所有的痛苦、烦恼、轮回、束缚与纠结都来自执着，对于自己所接受的文化图景过度地执取与依赖，其实并不利于当今世界大势下的文化相遇时的命运走向。

此外，王志成还根据商羯罗的《自我知识》的第三十九颂"智者只应该理智地将整个客观世界融入阿特曼，经常地把阿特曼看作无瑕的天空"大胆提出了一种"减法"——回归与复根的想法，并将它与老子、耶稣、普罗提诺等东西方思想做类比，告诉我们一个存在于人类智慧里边的童年与黄金时代。

中国人的信仰，印度人做梦也想不到

在加尔各答城中的一个道院，一位印度人曾问我中国的平民现在是怎样的生活状态，吃饭吃得饱吗？夜里，在辨喜大学的般若楼里，又有两位印度人来到了我的房间。其中一个一脸的悲苦，说自己家里好穷。聊天当中，他们都说到了中国人的无信仰、无宗教。我正语相告：文化传统不同，不能单单以此观彼，或以彼观此来论定；而中国的传统智慧历来是以国观国，以天下观天下，尊重各自的尘世生活。

但是，这个世界上，你们很可能再也找不到另一个国家的人民，自古以来就是这么热爱土地、热爱尘世生涯、热爱温暖的人情，他们相信存在，相信人世劳动本身的价值，且如此精勤努力，一直厌恶好吃懒做，厌恶充满玄谈玄思却言不及义，也厌恶自己不加努力而一心寻找外在的神灵做依靠，这就是一种你们还不熟悉的信仰啊。神，正是人们自己在最努力奋发与最完美的时候表现出来的自己的真面目。它不在泥塑的作品里，而更多地是居住在自家身体里面。

他说，那女人，也干活吗？我说，女人也是啊，一样有工作，一样在劳动，甚至更勤劳。不像这里，乞讨是一个重要的职业，女人与孩子尤甚，整个城市没有春天，没有草长莺飞的朝气，只有香烟缭绕的崇拜，却常常迷失了自己。

加尔各答、德里，尤其是瓦拉纳西、菩提伽耶等，在我们文献记载的印象当中，或古时或近代的圣城，何等地伟大、圣洁与高耸，如今，很多地方贫穷、肮脏、喧嚣不堪，在这样的时代，你们应该多多了解世界，尤其是中国，读一点中国古代的书，寻找自强自立的启示。

我在这里，只说好话，只拍美物，不忍心伤害，不忍心拍城市里那么多肮脏的地方。现在我要走了，我想你们有机会，也应该走走看看，不要生活在旧世与轮回的迷雾里。

他们是这个城市有希望的青年人，是大学生，我虽然不知道他们听后心里是怎么想，但我相信真实的友谊，一定是在彼此的真实了解当中产生的。故非常希望中印两国的人民多多走动，学者多多交流，才不会被种种时代性的意识形态主导的媒体、报纸与杂志所诱离。

其实，道侣他心通，真理无国界。求道行道者，唯一的祖国是真理。民族主义与国族主义都是政客掠权的借口,古往今来都一样。

最后,夜近子时,那位一脸悲苦的印度年轻人转为诚挚,说了一句话,我没有听懂,边上的那小伙替他解释说,"他的意思是说,你能够在这个周日,与我们一起到恒河里洗一次澡吗?"我说:"当然!"

一位当代中国学人的千瓣莲花

印度人曾经这么称呼他们伟大的《薄伽梵歌》，说道，所有的奥义书就如同一头母牛，而至高的甘露《薄伽梵歌》就是自这母牛涌出的牛奶。这也犹如蜜蜂采花酿蜜，如果将瑜伽学者王志成在世界各大哲学和宗教思想穿梭而形成的诸多学术专著视为母牛的话，那么此类灵性小品无疑就是上好的牛奶。

譬如以小开本形式面世的小品集子《在不确定的尘世》，便是这样一部异彩纷呈的精神沉思录，其视野极为宏阔。

书名很容易让人联想起印度的一些瑜伽学说。在印度的哲学看来，这个尘世起于"摩耶"（Maya），属于神的不可思议的能量展示。然而我想，王志成以《在不确定的尘世》为书名必不是为了传达这种"世间如幻"的虚无观念，他特别强调的是生命本身的超然品质，他认为生命是超越相对性和二元论的。于是，他在书中说:"每一个人有每一个人的命。但这个命不是本质的,而是缘起的,没有一个整体生命是事先超验地被决定的……人没有本质,只有生命,这个世界充满了各种偶然性。我们不能确保我们的下一步。"

既然生命是无本质的,无外在性的,那我们的所有痛苦究竟是怎么一回事呢?王志成的答案是:

尘世不确定,这本身没有什么不好,也没有什么好,没有必要抱怨,也没有什么需要特别赞美的。它就是这样的。我们把我们的生命与这个不确定的尘世对象对立起来,这才是一切问题的根源,也是我们在宇宙生命的游戏参与中的障碍,是我们的痛苦的根源。

这种生命的游戏态度迥异于玩世不恭,是一种真正意义上的自律,自我负责。没有外在拯救,没有生命之外的神圣者,除了自我的开悟和解脱,无人可以援救他者的精神困局,是一种彻底的后现代精神。

另外,全球化和宗教的对话,以及世界文明的和谐共处之道是王志成一直矢志在兹的重要领域。这个时代的种种迹象表明,整个存在的种种关系已经出问题了,不但是人与人的关系,甚至是人与神,人与宇宙等关系都处在危机之中,世界和人心动荡不安。环境与生态的恶化所导致的世界灾异和瘟疫已经频频现身。

任何一位有良知的学者都会警惕和忧虑当下的走向。而在这几种关系中，最本质的无疑是人与人的关系，全球化固然是不可避免，而随之而来的，是否一定是亨廷顿所谓的"文明冲突"则在乎人，在乎人的观念之转变与否。王志成认为：全球化"是一种彻底的转变性力量……我们需要的就是至上的智慧和宽大的胸怀"。

这时，行动是必要的，同时需要"不执"的艺术。不执是最好的入世法则，它能让你像水鸟一样地灵动，像荷叶一样地遇水不湿。

但真正要兑现不执的精神，拥有这种宇宙信心，把担子全然交出谈何容易！不执是一种高度的精神觉知，它超越了二元论，超越了对身体与心意的认同，已经放下了自我中心主义，也就是说，他的内心已经洁净，他已经认识了自我的本相。要抵达这样的不执之境，必然涉及生命的实践和精神的修行。王志成在《哲学做什么用》中说得很明确：

这已经不是一个哲学知识的问题，而是一个哲学实践的问题。不是理智上的实践哲学问题，而是生命中的哲学实践问题。

而这种觉知的提升就需要生命的炼金术，也就是瑜伽。瑜伽是一种转化身心、提升觉知力的实践修行，通过瑜伽，可以让一个人自我的尘土纷纷脱落，让一个人从生命的外围返回到中心，它是一种让石墨变钻石，让乞丐变国王的生命炼金术。王志成在《觉悟就是基因变异》中不讳言这一点：

> 通过冥想、念诵、瑜伽、太极、阅读经典、聆听，你可以转变你的生命，本质上将转变你的基因结构。注意了，我说的基因，既可以说是文化基因，也关系到生理基因。有人对后者持保留意见，但我还是这样坚持着。因为它们之间并不是完全无关的。人的修炼既是文化行动，也是物理行动。

于是，通过瑜伽，心灵的自由操控就达到了这么一种自如之境："春天来了，你可以像蝴蝶一样去看花，看水，看天……你不执着得失，你不可能被世俗所操控，也不会被神圣所操纵。不执着就是翅膀，可以让你飞翔，像天上的鸟一样。"

在书中，王志成有一段自述："上山，过江，来到梅村，我又去了台伯河、长江、黄河、恒河，如今，我畅游在南太平洋。进入我的精微心意，坐进千瓣莲花中。"

这一段很形象地涵纳了王志成个人的生命道路，但愿我们也借着王志成的精神线索，一路跋涉，也寻找到属于我们每个人自己的千瓣莲花。

不了了之，是世间之常则

不完美，既是世界的特性，亦是当下生命的特质。所以，我们切勿以完美主义的目光来期待与要求这个世界，度过这个世界。唯不执溺于此，才是安稳的处世之道。

为了避免被误解为这是一种悲观，我们不妨赎之以一言：以圆满的心态去行动，精勤努力，而又能以非完美主义的精神来看待结果。这是印度的行动瑜伽之核心要旨，它隐藏在《薄伽梵歌》里面，是解决此一摩耶世界之极其有效的不二真理。

所以，不了了之是世间必然之结果，亦是理所当然之共法。即便聪睿成圣者，于世上亦是如此行过，最后不了了之，很少有例外，其死的方式更罕见其完美。

譬如释迦是中毒而死，耶稣则被十字架钉死，孔子与颜回或流亡或穷死，苏格拉底被判死刑，商羯罗短命，罗摩克里希那在喉癌的疼痛中圆寂，甘地还遭受枪杀，等等。你不能说这等人境界不高，不精勤用功，不以德报世，不存悲心。按照理想主义的完美期待，他们应该收获与之相匹配的结果，德性圆满，也应当功业浩大。事实上，他们从生至死的过程中，却阻碍重重，甚至功败垂成。但是，我们必须要指出的是，这些世相的评裁却过于肤表，未曾触及他们存在的真实意义。他们的意义从来不表现为建构出完美的世界与功业，而是在这个非圆满的世上建构出圆满的心灵与圆满的存在。萤火虫的光终究是不能照亮整个昏暗的存在的，但足以照亮一己飞翔的道路，并且温暖与清澈了与之相应者的生命，再无疑虑与昏惑。中国的古诗人谓之为"暗飞萤自照，水宿鸟相呼"。而印度的克里希那穆尔提的一句格言则尤其美妙："一只站在树上的鸟儿，从来不会害怕树枝断裂，因为它相信的不是树枝，而是它自己的翅膀。"

树枝是会断裂的，世界是不完美的，人们可能会问，为什么会断裂，为什么会不完美？诗人泰戈尔曾在牛津大学的"希伯特讲座"中说：

如何而有缺陷之问题，与如何而有不完全之问题相等，易词言之，则与如何而有创造物之问题相等。吾人之所以必须忍受者，以非如是，则别无他道耳。既称创造物，则必为不完全者。且必为渐进者，而欲询昔人果何为而如是，亦非愚则问何已。

其实，恰恰是因为这一种"不完美"的存在，才有了令人们非圆满的生命，自此有了趋向圆满的可能，最终构建出自由的翅膀。而常人往往不了解这一点，不但不在自己的生命当中用功，反而处处跟存在的律则过不去，时刻于外面寻求，试图解决内在的不安。事实上，正是这种外在的寻找与完美主义的期待才造成了不安。

据说，一位寻道者就是这样来到了一座道院的，他对着圣者说："我曾去拉玛纳道院，去潘地彻丽；我也去罗摩克里希那道院——结果发现它们全是虚伪。我在那儿除了找到虚伪之外，啥都没发现！而我要寻找的是平静，是内心的和谐。我在任何一处都没能找到。为了寻找平静，最近我已花去了整整两年的时光。在潘地彻丽曾有人提及你的圣名，我就直接从他们那里出来，寻到你这儿来了。因为——我需要找到我的平静。"

圣者说："请站起来，立刻从你刚才进来的门走出去，不要犹豫！否则，我也很快会被你证明是虚伪的。"

那人有些失措，说："你这话是什么意思呢？"

圣者说："别废话，马上给我离开，不要朝此地回头了。在我也被唤为'虚伪'之前，我不如先把自己援救出来！"

"但是，我来你这儿是为了寻找平静与和谐呀！"那人继续说。

"你就直接从这里消失即可。"圣者云，"我追问你一句——究竟你要去谁那里？要向谁询得痛苦中的自处之道？又是哪一位古鲁令你的痛苦愈发强烈？你所去的哪一所道院曾教会了你的焦虑，教会你的不安？"

那人答道："我无处可去！"

圣者就说："你是如此之聪明的人，你甚至聪明到可以为自己制造无穷无尽的精神焦虑。那么，我又如何能够给出教诲呢？你制造了你的焦虑，那么你按其相反方向寻找，你就能够发现平静。你从我这里能够找到什么呢？焦虑是从我这里来的吗？请不要告诉任何人你也来找过我，即使出乎误会。对于你身上所发生的一切，恕我无能为力！"

那人说："哦，圣者，请告诉我通往宁静之路！"

圣者："你现在的外在寻找，正是让自己变得愈发焦虑的因由。通往平静的唯一道路其实是——与你的不安和谐相处，往你的内部勇敢探索，找到存在界的一个中心，那里便有一座供你朝圣的冈仁波齐。"

从何处来，回何处去，如此而已。情绪的生出，必有一个出处，回到那里去；不安的生出，必有一个出处，回到那里去。与不安和谐相处，其实就是为了回到那个来处。一切的根源总是在于自身，因为自己的心意识与观念世界的源头起落未明。

因缘未明，则尘埃之起落，花瓣之开合，亦成了人世的执念，深缠重锁，何况人间之万般情事。因缘既明，则烦恼之生灭，苦痛之变化，恰如尘埃之起落，花瓣之开合！

什么是开悟？什么是解脱？视野由虚假变为真实，世界还是同一个，同样一个不完美的河流，而你已经渡过去了。

完美主义是一种疾病，一种心理的偏执，圆满却是一种生活与生命的境界。若是徒然持着完美主义的期待去行动，那必是趋近了一种死亡，正如诗人泰戈尔所说，终止于衰竭的一定是"死亡"，而行在无穷尽的路上，才意味着"圆满"，这种圆满，是由人们的内在生活出来的，与外在的朝圣行为无本质关系。

故此，人们在世必以"不了了之"度世。而生命的辩证法却是，以"不了了之"所"了"的，将恰到好处地成就"一了百了"之"了"。人的最后一次成长，即是不可可也，不了了之。世界依然，风日常在，唯有一己之心已超乎可与未可、了与未了、常与非常，与整个存在一体翕辟，无碍无间，浩然同流。正所谓，"不可企及者，在此事已成；不可名状者，在此已实有"。

觉醒是唯一的解脱

佛法的身心对治,是以存在的苦难即"苦谛"为缘起法的。然而,佛教的终极答案却又告诉了我们,生命的问题,不是彼种存在性的问题,而是此间觉知性的问题。所以,存在的苦难,只是缘于自家智性的匮乏而导致的无明,故最重要的是强化智慧,以般若为度土,穿越无边的生死海。"有智慧者,则是度老病死海坚牢船也,亦是无明黑暗大明灯也,一切病者之良药也,伐烦恼树之利斧也。"

依此而论,在印度圣典《薄伽梵歌》里面,阿周那的问题实质不在于战,抑或不战,而在于"自我"是否实现了"觉性"的开显。二元性的选择,只是深陷无明的头脑所玩弄的一个伎俩。《伊萨奥义书》中云:"真理隐藏在一个金色的圆盘底下。"那个隐藏真埋的金色圆盘正是我们惯性的脑袋。此头脑之自诩，反而盖住了人类的本初觉性，增加的乃是答磨惰性，于是，尾随无明而至的便是痛苦生起，跌入轮回的圈套。反之，尾随萨埵觉性的，就是不执。保持这个觉知，便会走出惯性、走出怠惰的一千年的暗室：无意识。头脑有三：答磨头脑、罗阇头脑与萨埵头脑。前者是惯性，后者是觉性，而思与诗的秉性，来自中间的罗阇头脑。通过控制头脑，可以控制身体的一切，故有"整个身体都在头脑里面，而并非头脑在身体里面"（罗摩尊者）一说。

阿周那的问题，也正是源出觉性的遗忘，陷入了惯性与沉睡。只要伴有足够尊贵的觉性，问题原本就不会存在：向左一步，是行动瑜伽；向右一步，是奉爱瑜伽；向后一步，是胜王瑜伽；向前一步，便是一劳永逸促成菩提性果的智慧瑜伽。阿周那可以是精勤勇毅的儒家，可以是退居山巅的道家。关键即在般若智慧的开显，这是生命最高的学问。故而古中国的经典云"大学之道，在新民，在明明德，在止于至善"，终端的至善，落在了"明德"，即觉性的开显与无碍的表达。

觉性就是佛性，原是不垢不净、不增不减的，众生亦无不兼备。然而，存在与兼备，并不等于亲证觉性，并外化为自觉的行动。佛与众生之别，不在于觉性之有无，而在于行动时觉性之明暗。俗世的众生譬如睡觉，梦境或是有别，美梦噩梦参差不等，然觉性的沉沦与暗昧却是一样的。很多的心理技术，很多的修行之途，之所以谓为不究竟，往往是在寻找美梦，以美梦来替代噩梦了事，而不是寻找与亲证觉性本身。一些心理学和超心理学的实验，归根到底，终不免是一种幻觉与另一种幻觉的替代，美或美矣，远未臻入尽善。

反之，如果尽善尽美，则明德已开，智性朗然，觉性能够勇猛不退，故即便入梦，亦是自在之戏一场，所谓时、空、德性、法则、因果律，俱是梦的一种伪装，自可虚空粉碎，跳脱而超然。"无无明，亦无无明尽。"这也正是觉悟的圣者会把生命的世界唤作"利拉"的原因。

这种觉性，大体上可以视为《梨俱吠陀》里面的"彼一"（Eka），就是"那个"，就是"存在"，是动中的不动，无常中的永恒——是真理，是智慧，也是喜乐。真正的生命系于这个永恒的定点——其他的每一件事都只不过是梦的流动。在真理里面，世界只是一个幻梦，圣者告知我们："问题不在于是否要离开这些梦，问题只在于，你要不要觉知到这一点。"

而觉性的常在，不等于有觉性的认同，故需要一点点的努力，这种"努力"说穿了，就是促成一种"生之拂晓"，因为，醒梦与智愚之间的真正分野，尽在于此，只存在一层薄薄的、虚拟距离的无形边界。这种努力，可以是跟随导师，受其点化；可以是禅定，冥想真我；可以是阅读，经预先隐藏于圣典里面的智慧直接点醒。阅读圣典，常常被一些自诩为修道者们怀疑，说只是它句的死物,并常以不立文字的禅宗为例。殊不知禅宗之猛利正在原点处使力、用功夫。犹且不可忘记的,是慧能听经的那电光石火的一刹那之重要。前前后后,虽有无数的修法,然无此一悟,恰似茫茫浩宇,无所依怙;四域晦暗,无有一座灯塔。或有一天,原点与终点会重合,然后,完全没有努力,每一件事都会自己发生,一种罕见的神圣感兼平安感,才会进来,所谓"坐亦禅,行亦禅,无穷般若心自在,语默动静体自然"。

此觉性的流行与发用状态,我们常常叫作"观照"。这个词语,最初出现在《道德经》里面——以无"观"其妙,以有"观"其徼,在此觉性的观照状态,发现存在与虚无乃有共同的源头,只是名号不同,故曰"二者同出而异名"。后来,这也直接影响了佛教经典的文本翻译,故《心经》有著名的"观自在菩萨,行深般若波罗蜜多时,照见五蕴皆空"之句。"观照"便出现了,就这样,这种觉性既成了"无常当中的恒常",亦成就了"不动"中的"恒动",早期道家,也把它叫作"目击而道存"。

当然,鉴于人性的软弱,或业力业种使然,觉性的常在,不能阻止觉知的明灭与飘摇,故尚需心性的强化,所以,需要种种瑜伽,种种的禅定功夫,借以稳固智性的坚定。故悟前的寻觅,悟后的起修,都是必要的。观自在之前,必须有思自在;观自在之后,还需要有行自在。是谓圆满,是流动的圆满。这是与业力较量的长久功课，也是"梦中觉梦"的功课。

庄子在《齐物论》中有一寓言，讲明此业力与觉性的关系：

> 罔两问景曰："曩子行，今子止；曩子坐，今子起。何其无特操与？"景曰："吾有待而然者邪？吾所待又有待而然者邪？吾待蛇蚹蜩翼邪？恶识所以然？恶识所以不然？

一旦觉性深陷无明，则行止起坐，都是梦境的遇合，或梦饮酒，或梦哭泣，或梦田猎，俱只是业力的易容牵引，故真实的生命无从谈起。没有自主，何来实在？今生与来世，正如过去与未来只是两个梦，而后者亦只是以前者为蓝本重新摹写一遍而已。

然觉性并不会因为业力的蒙蔽而消失，正如杲日虽被云层所遮挡，我们自不能说太阳不存在。觉性在身位移动而连绵相续的现象，常常令智者惊诧不已。庄子曰："周之梦为胡蝶与？胡蝶之梦为周与？周与胡蝶则必有分矣，此之谓物化。"唯有消除庄周与胡蝶之间的微妙分际，此觉性才得以敞开，一切便无所不在，而一切又都是当下的现在。现实、肉身和心意都会走向死亡，而觉性则不然，它是不生不灭，是永恒的实在。它是穿透不同梦境的同一存在，也是穿越不同存在的同一主体。也因它的穿透与穿越，不同梦境与存在获得了统一性与不二论的觉醒。

梦的基础，只是做梦者的心意，不是别的。辨喜说：

梦与做梦者不是两回事。贯串一个音乐的主题是"我是彼一，我是彼一"，其他的一切都只是变奏，不影响真正的主题。我们是活着的书本，书本只是我们说出的话语……

若是没有这觉性的光芒，一切的宗教、一切的大师与经典，它们之于我们的，也必是死去的，而不是活生生的。故唯有安住于觉性之中、安住于彼一之中，我们才不会那么容易被梦境覆盖，即使在梦中，也仍然是睡眠的主人。

这样，我们就会理解为何克里希那会叫作"灵魂之主"（Lord of Souls），而阿周那会叫作"睡眠之主"（Lord of Sleep，已经征服睡眠者）了。除了觉醒一途，其实生命没有真正的解脱。

存在是一本打开的书

那一次,我向阿莫拉静修林(Ashram)的众人一一辞谢,有负责林中诸般事务的高僧,也有负责一日三餐的敲钟人。早间的一点点余裕,还有幸参观了诗人泰戈尔曾经在20世纪初住过的一座山上的漂亮大房子,这是当年印度此地的土邦君主给予诗翁的特别之恩遇,如今却已经是军营所在地了。然后,我是踏着落花,回到了清清净净的草舍。

我来的时候,花径尘除,舍门虚掩;我走的时候,尘除花径,虚掩舍门。百千三昧,无量义门,有些时候就在这种一花一尘的悟察当中,觉性的种子才有望于大片大片被觉察的花尘中破土而出,向天空自由生长。

如同日月的恒转相运,构建成了世界人生的无常与恒常的双重面容,双重的辩证。一切音声形相也尽是虚空假由的同时,却又偏偏深藏了佛言、佛语、陀罗尼。古人曾表达过这样的意思：郁郁黄花、青青翠竹，若由觉性细勘，则无非俱是显作了法身般若——一花一尘都是诸佛，至少都是诸佛圣者的省入之便道也。

那天，早餐结束，回草舍的路上，不经意看到那位非常不起眼的加尔各答人在路上探手采野花。他觉察了我路过身后的脚步声，便随口对我说，这是要带回加尔各答的。然后，他加上了一句："Beauty is plenty!"我立时惊住了，因为我为此语无穷的含义深自着迷了，我不知道如何准确译出，或勉强可以译成"美起于丰裕"罢，我想到了鸟儿在地上跑着跑着长出了翅膀，石头沉默久了便蕴出了美玉，而草木长全了还开出了花，又想到祭祀的祭物，想到了嘴巴的歌声，还有月晕，还有语言中的诗，还有手掌中的礼拜，等等。越想越觉得深邃，越觉得欢喜，真真生出了吴子季札论周乐时候的那种灵命震动而发的感慨：

美哉泱泱，美哉熙熙，美哉渊乎！

而帮我们扫除落花石径的则是那位敦厚的拉马虚（Ramaish），看容貌，像是阿拉伯人的后裔。每日清晨，皆是由他来扫尽草舍门内门外、山路石径的纷飞落叶与纷飞的花。因静修的中心就处在森林里，扫除一事就特别富有了禅味，明知道一会儿工夫，落花落叶又会遍满石径，尘泥香杂，但还是每日如此，认认真真地，一片一片地扫，实如江河水，一波未尽，一波又起，然这何尝不像尘缘深缠、日常世界的无穷人生人事呢！皆以扫落花落叶的方式，渡过了生命中的一个个河口，不求尽善尽美，但得尽心尽责。尽善尽美据云是上帝的事，而尽心尽责，则权之在我，履之在己。以不了了之的方式，了断人生的方方面面。你不是火焰，别人也未必是燃料，别指望点燃他们。你要的乃是生出可以自照的光明，只要足够强烈，照亮自己的同时，自会照亮他人与他者的世界。

据《阿含经》记载，佛陀言教无数，亦多得开悟的弟子，但有一尊者叫作周利盘特，他的成就阿罗汉之道路尤为耐人寻味，因为这是一位罕见的愚拙至极的出家僧侣，虽然其兄摩诃盘特堪称智慧超群，而他却实在智障严重。调教此人成圣的，该是何等耐心、何等坚毅、何等慈悲的佛陀啊，他牵着周利盘特的手，教导他认"除垢"二字，结果，因为智力不逮，常常记得"除"字，就忘了"垢"字，记得"垢"字，又忘了"除"字。但是，即便如此，他却在日复一日的扫除污尘花泥的过程中，终于觉悟到了"除"即智慧，"垢"即世界烦恼结的含义，二字一明，光明复又内照。于是，尊者周利盘特的惟精惟一的清扫除垢之路的尽头，终于允执厥中，成就了阿罗汉圣果。

是啊，存在虽说是一本打开的书，但真正读懂，读明白，亦着实不易。正如每一个生人在上帝面前的无知一样，每一种理论与哲学在自然面前也不免了勇之、寒酸。加之人心所沸腾嘉享的大都是物欲，成了本能或感官的猎物，不免如石头般永远沉默下去，美玉云云，则无从谈起。因生命中的种种未尽，而落下的贫困德性，与世界资财的富裕、无尽藏，适成对比。神奇的造物之活力从未歇手，端看人性与之匹配共舞相运的觉性程度与精一程度而定。愚者周利盘特的觉悟与残者八曲的觉悟一样，供常人思索的余地甚多，甚多。

离此地五十公里左右的考莎尼（Kausani），还有一座圣雄甘地的静修林，可惜我的路线正好相反，此次未及参访，唯遥遥地致上对圣雄的敬意。那就暂回奈尼塔（Nainital）吧，参访阿罗频多的静修林与泰戈尔在那里的另外一个家吧，我这样安慰与开解了自己。

我们究竟在恐惧什么？

古希腊的哲人柏拉图曾经把人类的观念世界区分为两种：真理与意见。

所谓真理者，即指确然的，有恒定实在为基础的观念，它不会拘于一时一地一族群，而是放之四海而皆准者。至于意见，则指那些无常易变的，随时空而迁化，随人群而更改，随不同的个体而陆续生成、复又相继而湮灭的观念，它们没有实然之根基。因为是生成性的，故数量极巨。于是，每一个时代都不免是意见纷纭、思想蚁聚，其实大都皆是虚幻的观念，无非是误绳为蛇，误杌为人，误阳焰为楼阁而已。

况且，每一个时代，每一个社会，甚至每一个个人都会制造一些观念，有意或无意。我们需要注意的是，即使是虚幻的，偏偏又确确实实影响到了人们的整个生活与生命。

譬如说，我们常常会恐惧。

在《吠陀智慧》里面，有一位受人尊敬的吠陀先知伐致诃利，他在决定成为隐修者之前，是一位国王。他曾说过，若缺乏至上的智慧把种种二元性意见消除，则恐惧无处不在，无人可以豁免。正如当弱者恐惧当权者的时候，掌权者则正在恐惧权力的失落。他说：

在享乐中，有着对疾病的恐惧。在社会地位中，有着对耻辱的恐惧。在财富中，有着对课税的恐惧。在荣誉中，有着对屈辱的恐惧。在权力中，有着对敌人的恐惧。在美丽中，有着对年老的恐惧。在学问中，有着对批评的恐惧。在美德中，有着对侮辱的恐惧。在身体中，则有着对死亡的恐惧。

记得印度近代的瑜伽圣者斯瓦米·辨喜曾经有一次重要的遭遇，那时他尚在漫游阶段，为了寻觅与印证时代的真理，他翻山越岭，上到冰天雪地的喜马拉雅山，深入幽邃的洞穴，拜访不同的圣地与道院，他还走过西部的克什米尔，走过酷热的大沙漠。

有一次，他漫游到了印度的圣城贝拿勒斯，当他从难近母的庙宇中出来时，一大群喋喋不休的猴子包围着他，似乎要恐吓他。尊者不愿被它们捉住，便开始跑，但猴子在后面一直追。此际，有一名老遁世者在场，注意到了猴子的动静。他便喊道："站住，面对这些畜生！"年轻的辨喜就停下来，转身看着猴群。马上，它们全都跑开了。许多年之后，辨喜尊者说及此事："如果你害怕任何东西，永远要转过身来，面对它，别想逃避它。"

那么，我们究竟是在恐惧什么呢？一旦细究，则会发现，我们所恐惧的，无非是自家的一些观念，与对观念的某种想象。其实质，正如辨喜尊者的经验一样，只要我们面对一切的发生，包括一切的生死无常，都不足以真正击倒我们。所以，我们需要的倒是进入那种恐惧里面，安定地进入它，则会惊愕地发现，恐惧是没有任何深度的，它没有实然之基础，而只是一种想象。

禅宗里面有这样的一个故事：

一个人在夜间行走，而且是山路，自然有一些湿滑。他便开始担心自己从岩石的路径上跌落，他忧心忡忡，害怕摔下脚边的万丈深渊，因为他相信，路的一边就是深邃的山谷。于是，他不敢行走，牢牢地抓住了一根逸出的树枝。在漆黑的夜中，他认为自己能够看见下面的无底深渊。他越想越害怕，开始绝望地呼救，但是，夜空中，只有他自己的喊声在回荡，没有人会听到。

我们可以想象，那个可怜的人，和他整个夜晚的深度折磨。是啊，死亡与自己是如此接近，而且每分每秒，死神都在下面守候着。他的手变得冰冷，他又是疲累又是恐惧，他简直失去了把住树枝的力量。

但是，最后他坚持住了。太阳出来的时候，他向下看时，不禁苦笑了，因为，根本没有深渊，在他脚下的边际，只有六英寸，而且，还有一个巨大的石壁！本来，他是可以美美地休息一整晚，甚至可以呼呼大睡，因为那个石壁够大了，但是，因为恐惧，以及因恐惧而来的想象，他的整个晚上都是一场噩梦。

确实，所谓"恐惧"者，从来没有超过六英寸的深度！现在的问题则是，你究竟是想悬挂在一根细弱的枝头，把你自己的整个生活变成噩梦，还是愿意从此离开这根想象的树枝，以自己的双足站在真实的土地上？

因无明所创、所持、所加于自我，故而形成了恐惧，佛经中便常常以空性智慧来扫除恐惧，所谓"我能飞行游虚空，已过汝界心无畏"。于是，我们就会明白，为什么在《心经》中，观自在菩萨谆谆告诫舍利弗，需要建立空性的般若，以进入实相的观照，远离颠倒梦想，使心中无有挂碍，以抵入无有恐怖的无畏之境，不惊、不怖、不畏，才有"究竟涅槃"的大成就。

而所谓"挂碍"者，意味着恐惧的心理基础，就是"心有所想，心有所欲"。因为我们只能失去我们所执着的，心无所住，则无有恐怖。

一次，有人曾问湿婆神："什么是恐惧？"

湿婆神回答："恐惧源于欲望，若一心只想占有，那随之而来的便是患得患失。若你们执着于成，必然会恐惧败，执着于生，必然会恐惧死，执着于有，必然会恐惧无。不只是人类，即使是天神、乾闼婆，亦满怀恐惧，因为这种欲望，尾随而来的必然就是不安、嫉妒、憎恨以及羞耻，以上种种，皆为恐惧的产物……唯有舍弃因欲望而来的执着，所有问题才会迎刃而解，就此而论，唯有知识，唯有清澈的智慧才能做到这一点。"

而我们的社会总是制造出欲望，制造出观念，进而造出无数的恐惧。有些出于恶意，为了达成某种目的；还有一些则纯然是无意，因为无知，因为有了彼种想象，就把自己挂在了一根细弱的树枝上，开始做起了噩梦，离开了坚实的、广袤而无边的大地。那个大地，就是存在（Being）。

喜乐与悲伤

古希腊哲人赫拉克利特关于"隐藏的和谐"一议,使我记起了旧时代的一位中国哲人的话语,他说:悲伤,原本就是与喜乐交织在一起的;但它们的存在只是为了使喜乐更加香甜、更加深沉,因为,悲伤只是世代的悲伤,而喜乐却是永恒的喜乐。然而,若要注心一处,存一个梦想,与自我收获一场刻骨铭心的深度遇见,还不得不在诸种悲喜交集的境遇当中觌面相会。生命中最大的问题,就是"认识自己",这个在印度的文化中,就是"自我知识"(Self-knowledge)的寻觅,为此,需要走过很大的世界,了解各种非我的现实。世界的旅者,只有叩过每一个陌生人的门,才会找到自己的家。为此,人生的功课就是行远登高,探索极致,而与此同时,必须保持平衡之力,否则,会危及存在的真实面容之获知。

人生确实是有严峻的一面,所以,不免于有困厄与困顿,但是印度有句古老的谚语说得真是好:"事情到最后,一定是皆大欢喜的,如果不是皆大欢喜,那一定是还没有到最后。"所谓觉醒,或觉悟,指的是意识的提升与突破,而不是指内外身心的平安。譬如疼痛发生时,如何才叫作正念?正念不是不判断该事情发生之好坏,而是尚需有判断发生时意识的全然之在场,与含弘稳健的接纳之受力,深悉其中的无常。且因疼痛时,人很难不在场,所以,负面疼痛的发生,必然是对意识的扩展、提升与强化,从而具备了生命中的正向意义。

《薄伽梵歌》是这样告诫我们的:真正稳健的人,不应仅仅期望得到那种最有利的、最安逸的结果,还应该接受所有的结果,并把所有的结果都当作至上的恩典。这个恩典就是祭余(Prasada),这样的人拥有"恩典智性"(Prasada Buddhi)——在诸瑜伽里,也叫作顺从或臣服于主的意愿。其实,这里隐藏着一种微妙的生命内在转化的艺术。

把"毒药"化成蜂蜜,其要旨是,不与负面的感受或负面的情绪合作,同时需要切记的是,不去压制它,唯意识的全然在场,接纳所有的发生。这些"毒药"才会被人们转化成生命与意识的深度滋养。

把"毒药"化成蜂蜜,而不是把"毒药"当作蜂蜜。化,这是心灵的功夫,当,该是自我的欺瞒,因为消极性只会引起更多的消极性，愤怒则会带来更多的愤怒，敌意也是这样，带来的只能是更多的敌意。故一旦陷在此种负面的、消极的生命对待当中，便不是你行动的时辰，便是接纳，便是不如守中。否则，就必会陷入更深的业力纠缠当中，越陷越深。

其精神，就是局部的不协调，纳入了整体的一致，恰似音乐。其实，音乐之中的每一段曲调，都是完美的，它们是在不完全之中展示完全，自局部中展示整体的存在。这种展示，就是通过一种爱与联结，通过瑜伽的精神。在音乐里面，这就是音符的本义了；局部的音，唤醒的是整体的存在；局部的忧伤，触发的是整体的欢愉，千里影响，符契若是。

生命通过一个极点走到另一个极点。赫拉克利特说这是秘密，这是隐藏的和谐。如果没有变化，生命将是凝固的。如果你不能走向对立面，一切都会变得乏味无聊。深度来自流动到对立面。于是，摩耶世界的变动不居，就此而论正是天大的好事，因为这种无常会把一个处于低谷的你，再重新送回到一个高峰的你。这在中国的道家那里也有许多的提醒。

通常，在二元世界中有一半的时间，人们需要等待，又有一半的时间，人们需要创造。等待与创造，就是整全的人生。等待，便会出现一个时机，一旦契入，便当行动与创造，把正向的、积极的自己有力地表达出来。换言之，当你完美的时候，当你处在圣人一般的完美的生命状态之时，这是最好的行动的点。一切低谷，需要等待；一切高峰，需要创造。这是刚健有为的一个正面的人生。

中国的《周易》一书，其吉凶悔吝之论，皆指向这至大的圆满要义，等待与创造，接纳与健行，正是乾元与坤元的精神。而印度的《薄伽梵歌》（2:50）则认为，这样行动而不黏滞的人，便是最优秀的行动瑜伽士，他们今生就有望从"罪恶和美德"中解脱出来，得终极的自由。

是的，这就是"隐藏的和谐"，一个又一个时代的我走了，我们免不了一次次卷土重来的悲伤，而浩大的生命之流本身，却仍旧是一个大大的喜乐，一个大大的、永恒而未解的存有之谜，在这浩瀚的一体同流之间，无数众生心的生起与灭去，亦已存殁无记，如恒河之浩瀚无量的沙数本身。"并观人世的悲喜无常，尤其是并观人的生死"，此是合天地之德的大人之所应然。

不执与无畏

在印度的圣人系统里面,克里希那与佛陀是最受人们敬仰的"神人"(God-man)。他们都被视为大神毗湿奴(Visnu)在不同时期的化身,也就是神的阿凡达(Avatar)。换句话讲,即他们海洋一般的智慧,乃是神的至高启示。为此,我们得深入了解他们所强调的入世间之法则。克里希那所强调的是不执,佛陀所强调的是无畏。前者是摆脱业力捆绑的有效法则,而后者是抵制罪恶、摆脱虚弱的必然保障。两者皆能让人横渡重洋,都是上好的般若波罗蜜。

在《薄伽梵歌》里,克里希那告诫我们,不应仅仅期望与选择有利的结果,应该接受所有的结果,并把所有的结果都当作"至上的恩典"。这叫作"恩典智性",在诸瑜伽里,也叫作顺从或臣服于主的意愿。

但是，这种"不执"也很容易与反努力、不行动混淆在一起，成为没有生命力的、徒然是自我欺哄的所谓"佛系"的那种最可怕的精神侏儒。

所以，就一般人而言，切勿动不动就劝说不要执着，以目前的阶段而论，通常要执着，只是要执着那个最高的、最能够给你生命的目标。你尽全力去执着与追求那最高的目标，这就是正路，是创造命运、改变宿业与旧习的宇宙正法。没有钱，追求钱；没有学问，追求学问；没有能力，好好执着于此一目标，直至目标达成，成为有大能力的人。

只要你认为这一目标是你目前所属状态中最高的，那便不会有错。届时，峰回路转，你的人生就会开出新的境界与格局，旧的执着自动会脱落，然后，继续保持往最高的方向执着，走一步，再走一步，直至有一日，你往外走的所有旅程都失去了意义，此时，往内行走的力量就变得无比强大与真实。你与神圣者，与你最深处的自我的会面，就会水到渠成。只要是对最高事物的执着，都不是障碍，反而会产生解脱低层次束缚的巨大力量。

因为，每个人只有在自己内心认同的道路上，才能走得最远，走得最有力量，走得不虚假、不做作。这个叫作次第解脱。唯内心认同，方能次第开花，毫不勉强。不会跌入灵性的黑夜中独自自欺。

伟大的圣人曾告诉我们："要真心地明领'Sat Nam'，让真实填满你的心，与你的每一行动，每一份祈求便充满了神圣性，每时每刻、每日每夜充满了神圣性。"

曾经有幸，与一些师友同在一位伟大的印度圣者的花园一般的房子里面静坐。结束时，大家安住于静夜之中，花气袭人，一位师长辈的阿阇黎开始细说最高的六尘：色、声、香、味、触、法。他说，此六尘会对六根产生束缚，固然没错，但若是能指向最高的六尘，便可带来解脱。此最高的六尘分别是：至尊的色是无量光；至尊的声是圣音唵（Om）；至尊的香即白莲花的香味，它与顶轮的芳香一致；至尊的味即甘露（Amirita），属于不朽的滋味；至尊的触即神的爱抚与拥抱；至尊的法，即无上密法，带你契入圆满。这些都是可执的正法。

然而，话又说回来，因为就其最终而言，人们所指向外在的种种六尘与执溺，都得放弃，没有水，也没有月亮，只是你自己，单一的独存，而且是至尊的存在，天上地下，唯我独尊，那一粒迷失的滴水，荣归于无量无边无尽的甘露海。

但是，在此种充满无常与变动的世界上，切勿盲目以为自己是可以一步登天的。智慧不够最容易自以为是，或肆无忌惮，或濒于消极，容易两端行走。正如对饥饿的穷人，不能一下子喂给他营养最高的东西一样，避免出大错。

况且，在印度的圣人传统中，即便有最殊胜的禀赋，也从来没有人敢轻易放弃对神的崇拜，他们所持的理由是：一个旅行者只有当他抵达目的地时，才有足够的理由去抛弃他的地图。在旅程中，他可以利用任何方便的快捷方式，以缩短流亡于幻觉的时期。而其中，与神的联结，其意义尤其重大。故此，圣者婆罗门南达说："如果你必须疯狂一次，那么就为神疯狂吧，切勿为尘世间的事物发疯。"

再来说说佛陀的教诲，"无畏"是《心经》中菩提萨埵成就"究竟涅槃"的前提。其实也是世人的最高波罗蜜，它是饱满智慧的最好果实。它比人们所习常追求的"安全"更为重要。因为安全求之于外，无畏求之于内。求之于外，如同沙堆筑屋，基础是流动的；求之于内，衡权在己，则一固而永固。所以，无畏才是盛大的平安，如同春天着上了春装，整个不灭的生意原是从里面往外长出来的一个春天，故里里外外都透着生命的真实光亮。

安全之脆弱不堪，基础不稳，皆是因了小我的空虚，故而一力仰仗于世界，在无常的世界上跋涉，以获取世上的一切，其欲坚固沙堆上之建筑的企图，终究徒劳，权力与财富如是，知识亦然。而无畏之永固，则归于自我之根本，这是深度的实相豁显，是内溯至源头的觉悟，用《歌者奥义书》的圣言云："彼即尔。"（Tat tvam asi）所以，求安全者，尚是世界的乞儿；得无畏者，才是此界的国王。

一切伟大的宗教，其义理皆甚高深，亦有客观的依据，其精神就是德国诗人里尔克的一句话："一个人若能把一部分畏惧之心，转化为虔敬之心，便可使自己变得高贵。"因为人的恐惧，人的无力与有限，皆可以翻转，而成就一种高贵的虔敬之心。其实，其路线是由自我中心，走向非自我的、神圣的实在论中心，即走向了真我。

然安全虽然基础不稳，却颇易获得；无畏则是甚难。因为安全只是解决一个又一个的实际存在的问题，而无畏则需要解决根本问题，即意义的虚无问题，它没有实然的对象，可视作与神的一场斗智斗勇的较量，其要求却是合一，不到人神合一之境地，恐惧总是恒定地存在。

不执与无畏，一定是连在一起来看的，唯有连在一起时，你才成为真正的斗士，像克里希那、佛陀那样，既有行动的不执品质，又有冥想的无畏品质。这两位大慈悲的神的化身，给出的是最圆融的智慧，但人们却容易做偏于一隅的理解，这是我们尤其需要小心与分辨的，这些必须得到澄清，圣者的教导绝不是粗糙的、含糊的，而是清晰的、可实践的。

内在的朝圣

我们在这里谈的不是旅行,谈的是"朝圣",这是一种很特殊的旅行,人们相信这种与圣地之间距离的缩短可以提高内心的纯度,而通过对圣迹的朝拜更进一步净化内心。它犹如一种仪式,一种趋光而行的仪式,随着光的强大,暗会逐渐淡去,直至于无。在信徒们看来,这非常神圣,而大地上有很多这样可资朝圣的圣地,譬如菩提伽耶,譬如耶路撒冷,譬如麦加。人们对外部探索的边界,也越来越开阔。但是,这一切如果没有内心的探索与之齐头并进,这种探索和朝圣,多半会归于无效。

当年梁武帝兴修寺庙,广印佛经,终生食素,甚至还多次入寺过僧侣的生活,身体力行,为佛教在汉地的传播做了大量的工作,他面对一苇渡江漂泊过来的天竺大德达摩询问功德时,达摩曰:"并无功德!"达摩看上去很冷峻,其实内心很慈悲。他的真实意思是说，如果你没有经过内心的朝圣，抵达内在的冈仁波齐，外部的一切功德，最后都不能将你成全，会化为乌有！

记得圣徒拿拉达（Nārada）一见到圣人撒那库马拉（Sanatkumāra），就对他如是说道："尊者，我通晓《梨俱吠陀》《夜柔吠陀》《萨摩吠陀》，还有《阿闼婆吠陀》，还有传奇和故事，还有语法之学、安魂术、数学、占卜术、纪年学、逻辑学、政治学、神学、梵学（Brahma-Vidyā）、鬼魂学、权谋术、星象学、迷魂术及美术。可是尊者啊，我是这样一个人，我通晓经书却不懂自我。我从如尊者这样的人那里听得了知自我者就超绝了痛苦，而我却还是一个痛苦者。尊者，你能使像我这样一个人也到达那没有痛苦的彼岸吗？"（《歌者奥义书》七：一：1—3）于是拿拉达跟着圣人撒那库马拉开始修习内在的道路，体悟自心与自性的奥秘。

而如今，人们的外部活动早已是无远弗届，相比于这种外部的探索，人们对自己内在却所知甚少，甚至一无所知。为什么会这样呢？原因也许得归结于我们感官的天性，我们的感官天生是朝向外部世界的——眼睛外视，而不能内视；耳朵只能外听，而不能内听；而鼻子、四肢无不是向外界探索的，并不具备内在探索的能力。在奥义书中，这个道理说得很明白："由自己诞育的我主所创造的感官有着天然的不足，那就是它们天生朝向外界。这也解释了为什么人们可以看清外面的世界，却无法看到内在的阿特曼。"(《卡塔奥义书》二：1:1)"你不能看到观看的观者，你不能听清聆听的听者，你不能思想思想的思想者，你不能理解理解的理解者。"(《广林奥义书》三：4:2)

而据那些经验过内心世界秘密的人说，那里的辽阔其实并不亚于外部的宇宙。正如《歌者奥义书》第八章所云："宇宙空间有多大，此内心空间也有多大，它照样涵盖天与地，涵盖火与风，涵盖日与月，还涵盖闪电与群星，世间所有与世间所无的，均涵盖于此心空间。"(1:3)

这是另外一个庞大的帝国，拥有自己的海洋和大陆，拥有自己的荒野和高山，拥有自己的潮汐和季风，正如密教圣人萨哈拉（Sahara）所云："在这个身体里面，既有恒河，也有雅沐纳河……这里是帕亚嘎，也是贝拿勒斯，这里有太阳，也有月亮。这里是圣洁之地……我不曾见过像我的身体一样的圣地与喜乐的居所。"

只是整张内在宇宙的地图，还几乎是一片空白，或者还退藏于秘，因为那些地方只有被少数神奇的抵达过此地的智者们标出过名字，而且不同的智者因命名的方式不同，所以结果各异。比如司马承祯的命名与商羯罗的命名就大不一样，加上道路甚为曲折，他们提供的路径又不相同。故这样的探索往往是一次重大的精神历险。美国的思想家梭罗在内心探索之作《瓦尔登湖》的结语中说：

在精神生活的世界中，虽然有的是海洋和大陆，其中每一个人只不过是一个半岛和一个岛屿，然而他不去探这个险；他宁愿坐在一只政府拨给他的大船中间，航行经过几千里的寒冷、风暴和吃人生番之地，带着五百名水手和仆人来服侍他；他觉得这比在内心的海洋上探险，比在单独一个人的大西洋和太平洋上探险，倒是容易得多呢。

虽然充满险情，但是这种探索意义却甚为重大。古希腊的太阳神庙宇上所刻的铭文"认识你自己"强调的正是这种旅程，而梭罗也呼吁道："快把你的视线转向内心，你将发现你心中有一千处地区未曾发现！"

在中国古典文献中，《道德经》是部语言精简之书，究其实质属于秘传的"微言"之作，因为高人不愿意让不合格的人轻易获知内在的路径，所以里面就埋藏着许多哑谜，比如老子在第四十七章中所云：

不出户，知天下，不窥牖，见天道。其出弥远，其知弥少。是以圣人不行而知，不见而名，不为而成。

常人很容易会将这些奇谈怪论斥之为胡说，其实意蕴甚丰，后来道家的秘修传统就此而来，况且以老子之尊也绝不是信口乱语之辈。那么我们需要追问的是：圣人为什么会不出户而得以知天下呢？他们凭借的是什么？答案很简单，因为老子他们走上的正是内心朝圣之路，他们抵达过人类心灵之域的人迹罕至之地，发现了精神界的根本秘密，而这个秘密不但是内在世界的依据，而且还是外在世界的根基，所以知道了这个也就同时知道了那个，用诗人的话说就是："人一旦认识了你，世上就不存在陌生的人群，再也没有了紧闭的门户。"

圣人罗摩克里希那曾经说，这就好比，你欲知晓一锅饭究竟熟了没有，无须一一尝遍，只要品尝一颗，即可以了解其余。同样道理，内在世界和外在世界其实也是出于同一因。

而老子发现的这个真相究竟是什么呢？用他自己的话讲，就是"玄之又玄，众妙之门"，但他语焉不详，幸亏我们有另外的资源可以借助，那就是印度文化。印度那些隐居于森林中的圣者（Rsis）发现了人类心灵的内在主宰，那便是"真我"——阿特曼。谁知道了它，也就知道了一切。《卡塔奥义书》云：

一个人正是凭借阿特曼才知道形式、味道、气味、声音、触觉和性的快乐。难道还有阿特曼所不知道的其他事物吗？因为阿特曼是无所不知的。（二：1：3）

而这种朝圣的具体方式，中印两国的智者并不一样，中国是通过气脉在心室甚至全身运行，而印度是通过底部的能量沿着脊椎上行。但基本要点是一致的，那就是开放人类的意识领域，人类的进化由自然性的被动转化为人性的主动，其朝圣的基本方向是：由答磨阶段朝向萨陲阶段（亦即由粗身到精身），由无意识向超意识，由暗昧向光明趋进。

这时候尤其需要避开外界的干扰，而在这里那些朝外的感官不但无所帮助，而且还是罪魁祸首，所以必须制服感官这匹野马，要把这些门全部关闭，内视内听等活动就开始了。《哈达瑜伽之光》的作者斯瓦特玛拉摩将哈达瑜伽的四支确立为：1.体位；2.调息；3.身印；4.谛听秘音。

谛听秘音的殊胜作用，则被描述为"捕鹿的网""杀鹿的猎人""拴住马儿的马笼套"，而专注于秘音的瑜伽士则犹如"吸饮花蜜的蜜蜂""受到刺棒控制的大象"，又如"剪去了羽翼的鸟儿"——"因此，瑜伽士应该正规地练习谛听秘音。就像水银经硫黄煅烧变得稳定一样，通过谛听秘音，消除了积累的所有罪业，心意和气息肯定会消融在梵中。"（4：90—105）

据说当年黄帝治理天下十九年后，去崆峒之上寻找广成子求道。首先他问如何治理天下，被广成子骂了一通，于是他自己修苦行三个月再问治身，广成子知道黄帝已有内在朝圣之心，就告诉了他"慎汝内，闭汝外"的重要意义，还指出"必静必清"和"多知为败"的道理。为此他同样从感官和心意上用功夫，曰："抱

神以静,形将自正,目无所见,耳无所闻,心无所知。"(《庄子·在宥》)

在印度,有智者把感官比作湖面上的漩涡,而湖面如果没有澄清和静止,那么内在的真相还是无法显露。所以佛教也好,耆那教也好,印度教也好,都要用瑜伽来控制好感官和心。因为一切朝向外的都会成为内在之旅程的障碍。《卡塔奥义书》云:"只有那些稀少的智者,他们寻求不朽之路,才会将自己的感觉器官由外界缩回,从而看到了内在的阿特曼。"(二:1:1)

而《白净识奥义书》则把这种内心的朝圣视为天鹅的舞蹈,因为它能够让一只囚于笼中的天鹅最终振翅飞向邈远的天宇真际,直入无限。

信仰为什么是必要的？

如果此生就是为了肉身的存活，如果此生就是为了走向世界，走向外部的疆场，在那里展开雄心和理想，那么信仰对于人们是没有必要的。信仰只跟内部的探索有关，它是为内在的道路准备着。没有任何对灵魂的惊奇，没有对生命的神秘葆有热情，信仰看起来是可笑的，是难以理解的。

但是信仰本身仅仅是一种准备，由于信仰所通往的目的地幽深而不可测，所以它的路径近乎探险，一会儿径断迹灭，一会儿峰回路转。既饱尝迷路之苦，也痛饮得路之乐，确凿是精神的夜路。本质的那个实体是无法言传的，无法以知识的方式来储存，故我们常用的感知与理解手段在此都已失效。这个本体在古希腊哲人那里唤作"逻各斯"，在印度的圣者那里唤作"梵"，在中国的道家那里唤作"道"，他们一致认为这是超越语言的神秘之域，人们在那里无能为力。正如《道德经》的开篇所云："道可道，非常道。"

但是这并不意味我们便无所作为，直接面对本体也许只有沉默，但是面对通往本体的道路，或者说营造出让"本体现身"的某种情境是可能的。信仰就是指向这么一种方向，之所以说它是探险，是因为它通向的乃不可知的事物，是幽深莫测者。

这个"梵"原不是通过教育而得，通过文化而得，通过知性或理性而得，更不是借由感官而了解，不是的。相反，恰恰是这些都因"梵"而来。所以它不能通过逻辑性语言或感官知觉来传达。因为这些都是走向外部世界的工具，当走向内部世界的时候，它们得一一放下。外部世界是多元的，是复杂的，越往外走越复杂，越多元，而往内走的路径则不同，越往里走发现越简单，越纯粹。那些适用于外部的工具都逐渐失去了意义，文化的差异也毫没来由。存在是一致的，是一体的，不但是国与国，人与人，甚至是人与物，都是一体相通的。知识与文化，也许能够让我们登堂，却永远无法让我们入室。

但那个根本的东西就藏在生命的内室，无法传达。老子虽然说出"道可道，非常道"，但他仍然在为这个"道"的显现而努力。这只是为了让"道"现身而作用于情境，信仰就是这类准备，它是个体生命的哥白尼革命，是重要的转向——向外的转向内。生命到了一定的程度，所有外在的凭借都会失效。

这就像，对于一个自小就目盲的人，我们无法解释"什么是光"一样，就算你讲述了无数光的知识、光的道理，他仍然不明白"光"是什么。因为他自己生活在黑暗中，所有关于光的知识都无助于他理解什么是"光"。于是，某种情境也许可以努力，那就是眼睛的手术。因对光本身的无能为力，于是只好动手术，让眼睛学会看，当眼睛睁开了，事情就发生了。是的，光是一种发生，光并不是存在，光只对已经准备好眼睛的人才存在，所以是一种发生，正如美与意义。

发生意味着一种全新的品质，从无走向有，从黑暗走向光，从虚假走向真实，这都是一种生命的发生；它需要一个合格的主体作为前提，发生以后才谈得上存在，发生之前，既谈不上存在，也谈不上非存在。

但是人们通常拒绝这样的手段，当医生走向盲人的时候，盲人不相信会进入一个崭新的充满光辉的世界，他甚至以为这会是巨大的损失，这就是没有信仰的人走向信仰时的心理暗夜。其实盲人没有什么可损失的了，看不见才是他最大的损失。在真实的信仰里面，失去的是黑夜，得到的会是光明。因为正确的手术会让你看见。只是需要对手术有信心，对医生有信心，这就要把自己完全交出来，交给信心，交给对未知世界的信心。"信仰如同鸟儿，当黎明还是黝黑之时，它就已经梦见曙光而纵情歌唱了。"因为鸟儿歌唱，不是因为它知道，而是因为它心中有歌。

这就是信仰，它为某种发生做好了重要的准备。但是目的地的抵达，远非信仰转向这么简单，真正的信仰意味着坚固，意味着恒久之耐力。于是，其他的内在探索工具也需要备好，譬如冥想，譬如瑜伽，譬如智慧，譬如行动，等等。为的是信仰的坚固和抵达。佛陀云："汝等比丘，知我说法如筏喻者。法尚应舍，何况非法。"当他抵达了，工具是不需要的；当盲人看得见光了，手术与医生是不需要的。《大般若经》云："一切法不可得，乃至有一法过于涅槃者，亦不可得。"

人必须说了很多话以后，沉默才有意义；人必须拥有了很多事物以后，对事物的放弃才有意义；人必须"为学日益"，拥有无数的知识以后，放弃知识的"为道日损"才有意义。

所以，一句话，信仰与神灵的存在，是以你的不觉悟为前提的。

世界如森林，心意似迷宫

世界如森林，心意似迷宫，各种错误的认同，会带给我们无穷尽的痛苦。我们的为人处世，就成了感觉和世界诱惑的奴仆。我们把自己误认为是物质，或误认为是身心的合体，皆是痛苦的来源；只有当我们确信自我本质那最神圣性的一面，知道灵魂与存在、生与死皆是同出而异名，则我们在世的思想与行为，才能发生根本性的改变。而世界是摩耶，它有着本质性的虚空。

在人类的现实生活中，我们可以有阶段性的目标，但不可落入彼种目的论导向的圈套中，失去了每一个阶段真实可得的自在性，这是行动瑜伽所一再提醒我们的。

根据印度的数论哲学，宇宙是为了自我而存在。所以，世界不是别的，它只是认识我们自己的一面镜子。人生需要构建，不仅仅是一种外在的行走与创造，更是一种内在的行走与创造。人类文明当中那些最高深的学问，就是为了生命的大圆满而展开的一番朝圣，这就是内在的寻觅、内在的朝觐。

究极而论，生命的道路说白了，并不是为了达到任何外在可追求的目标，譬如世俗意义上的金钱、地位与权力，譬如非世俗意义上的成佛、救度众生、神通成就等，而是为了擦去生命的灰尘，恢复本我清新的眸子，悟入真相，从而一劳永逸地超越苦难，获得生命原该禀有的安定与喜悦。

我们热爱世界，是因为世界里面有我们的灵魂；热爱他者，也是因为在他者那里，有我们自家的真实生命。同样，我们理解任何事物，都是在其中发现了我们自身；我们感到欢愉，都是因为在我们之外，发现了一个更大的自我。借着理解发生的联系，还只是部分的，而借着爱而发生的联系，那就是完整的。于是，有了了解生命真相的机会，进而从各种错误的认同、从无明的痛苦当中摆脱出来，这就是我们所理解的瑜伽。这种瑜伽里面，有行动、有爱，还需要有智慧。

人生的自由，不仅是在自得，还需要得自在。人之所以不能成为他自己，往往是因为胆小，是因为自己的怯懦，这些怯懦大体表现在两个方面：第一，于世界的一面，他们躲藏在习俗与舆论的背后，不敢越雷池一步；第二，于心意的一面，他们又躲藏在宗教与神学的背后，托庇于神灵的护佑、眷顾与垂青。

一句话，他们全都是胆怯的，成了世界与时代的奴隶。当尼采说"在自己身上克服这个时代",这里就有了大意味,即:人,首先必须战胜时代强加的一切,才有可能成为他自己。于是,入世界而得自在,才是真自在。

佛陀在《心经》里面,曾借观自在菩萨所传达出来的一种"去彼岸"的强烈精神。这个"彼岸",可视作内在的彼岸,是生命于这个世界上自我摆渡自我而抵入的彼岸,是对无明的躯壳之突破、臻入般若无上智慧的彼岸。故不是时间意义的彼岸,或是与此世界相对意义上的彼岸。一句话,这是不去彼岸的彼岸,是在此岸,是永驻人间的彼岸与涅槃。而且,这很可能还是最重要的觉悟之路。

诗人泰戈尔在《人生的亲证》中如此说道:

倘若我离开我自己的家,我将永远不会到达你的家;倘若我停止了自己的工作,我将永远无法在你的工作当中,进入到你的生命里面。因为你完全寓于我身,正如我也完全寓于你身,你中无我,或我中无你,那就会是彻底的虚空。总之,在我们的家中,以及我们的工作中,会响起这样的祈祷:"渡我过去吧!"其原因在于,这里的大海汹涌澎湃,甚至就是在这里存在着有待于抵达的彼岸。是的,这里就是永恒的当下。它并不遥远,它并不在其他的任何地方。

唯此,才能达成真正意义上的中道精神,构建出来的恰恰是强劲的此在，是安住与在世的伟大平衡："事实上，欢乐的海洋啊，你身上的此岸和彼岸就是一个整体，就是同一的。我把此岸称为自己的，彼岸就被疏远；一旦我失去内心之中那个完整的意识，我的心就会不停地呼唤着另一个。我全部的这个与那个，此岸与彼岸，一切的二元性存在，都在期待着在您的爱中完全融合为一。"

我们说过，行动的人生，需要补充爱以滋养，不然就是枯燥的。行动，意味着在荒芜的岁月当中，逐渐丰盈与充实起来了的生命，正如盛满了酒的杯盏。而爱，就是让这充实的人生又洋溢出了迷人的光泽，正如这生命的杯盏里面，盛满的是品质极好的上等美酒。

为何同样是工作，有些是苦役，有些却是狂喜；有些弥漫毒汁，有些却充满芳香呢？当同一个西绪福斯在推同一颗石头上了同一座山时，却会有着不同的结果，那个秘密究竟是什么呢？古罗马的奴隶与西伯利亚的苦役犯在诅咒的时候，世界的不同地方却有无数圣者无怨地为他人而劳作着，正如父母心怀欢喜地为自己的儿女劳作一般，两者之间的差别究竟是什么？答案就一个字：爱！

是的，是爱，使得劳作遍布光辉，所有的不满与忍耐，皆化作了饥渴与神往，而劳累与疲惫本身也成了醉人的美酒。有爱的心灵，其所伸出的双手必将温暖冰冻的心灵。人类的生活与制度，是他自己建成的一座座祭坛，他每天都把数量庞大的、极好的祭品祭献给它，如果他并不觉得在其内心与灵魂深处始终洋溢着极大的欢乐，那么这一切都将是毫无意义与难以忍受的。灵魂的极大欢乐，恰恰需要经受各种有意义的痛苦来验证它的神圣力量，通过放弃来证明它永不枯竭的财富。这里隐藏着爱的炼金术。波斯诗人鲁米有一首很好的小诗，叫作《经由爱》：

经由爱，所有痛苦皆会变得甜蜜；
经由爱，所有青铜都会变成黄金；
经由爱，所有伤痛都会变成良药；
经由爱，死去的一切都会复活；
经由爱，国王的权杖，将会变为爱情的奴仆！

如果你可以哪怕一次，抛弃你自己，世界与存在之秘密中的至深秘密，也会向你敞开。隐藏在宇宙背后的未知的容颜，就会在你智慧之镜中得以显现。爱之中，即禀有了智慧；而不是爱之外，别有智慧。

行动中生成了爱，是行动者的第一个境界；若是行动者于爱之中，还生成了智慧，那就是极圆满的人生。而真正的智慧，并非习得之物，它是内在的、天然的，是生命本身实相的一部分。其关键信息，就是揭开存在界的不二论本质，表现出来的是"无所住"。它隐含着真正的自由。自由云云,并无固定的路径可以遵循,如同鸟行虚空,从无故轨。虽是自由,然亦需发抒,譬如,于疾致其忧,于丧致其哀,发而皆能中其节,这就叫作"应无所住而生其心"。此际的你可以将宇宙与生命一口饮尽,世界与心意一举破碎,彼时的酒、饮酒人与酒盏,都化成了一个美满无憾的一体性存在,生命就此而成就为一个纯粹的庆典!

这就是不二论的精神,属于圆圆满满、流动不居的境界,此种境界,可以借由行动瑜伽的灵性而来,这样的行动者,就如香象渡河,毫无凝滞地行过了人世间。

与 世 界 有 一 场

深入的遇见

在生命的收割当中,收获的全是自己

与 世 界 有 一 场

在生命的收割当中，收获的全是自己

朋友小鱼虽然未曾谋面，但早就被他真实的故事打动了。人世种种莫测的因缘，使得我有幸为他写了下面这篇短文，作为这本《我和哈利的环球骑行》一书的短序。此书在广西师范大学出版社隆重问世。而我已经料想到，必然会有更多的人为之而动容、为之而赞叹欢喜。他与哈利在这个大地上的漂泊，行走几万公里，几十个国家，像风吹过山野一般自由，自由行走人间，行走天涯，非常真实，非常壮阔；而又是如此悲伤，如此欢愉！

这不是童话，因为童话只存在于人心幽微的想象，它最怕现实的光；这也不是传奇，传奇属于古典的梦境，它只能存活于人们的口耳之间，无法真正落地生根。而此书所呈现出来的故事，既具有童话的诗意，然而本身却又是现实的一部分；既具有传奇的品质，同时又禀有了坚实的信念与行动的根。

它直接启发了我，即一个带着梦想上路、寻觅自我的行动者，其标识出来的真实却是生命的上好禅机，值得人们细细参究。我以为，这里的一个人与一条狗狗合走天涯的故事，途经二十余国，行程两万五千公里，恰是对我们这个渐渐失去梦想、失去鲜活而真实心性的平庸时代的一个有益补偿。

所以，我不像别人那么关心狗狗与人的关系、狗狗与人如何行走的故事，我关心的是这种行走本身。

我曾经喜欢巴西人保罗·科贺写的小说《牧羊少年的奇幻之旅》，其中借着梦与梦的相遇来解开天命之谜，令人惊喜莫名。我也颇喜爱李安的电影《少年派的奇幻漂流》，这个少年既取名为派，即"π"，它便意味着人生的种种不确定与动摇不安的命运，它代表着无常而荒诞，代表着无限而不可预知，非想而非非想。故而必定充满了痛苦与困惑。而少年 π 跨越此岸与彼岸之间的茫茫人世之苦海，其所持有的最高般若波罗蜜就是——"改变你能够改变的，接纳你必须接纳的"，变幻莫测的命运于是雾散天开，安然越过。而咱们手中之书所表达出的，也是类似的一段奇幻之旅，正如那个少年派，一个人一旦意识到了自己行走的天命，整个宇宙都会联合起来帮助其天命的完成，我相信这也是作者的真实体悟与经验。加之，它既不是寓言，也不是小说与电影，而是生活本身，故而，尤其教人深思、教人感动。此外，里面还涉及一些过往的情事与爱恋,有心者不由得会为之而深深叹息。

作者喜欢英国作家索尔安东尼的《人的一生会遇上四个人》,里面提到,人生就是寻爱的过程,每个人的人生都要找到四个人。第一个是自己,第二个是你最爱的人,第三个是最爱你的人,第四个是与你共度一生的人。人们首先找到的往往是第二个、第三个、第四个。他说:"但很悲哀的是,在现实生活中,这三个人通常不是同一个人。"其实,一个人除非寻觅到他自己,否则,所有与他者的相遇都可能是一种误认、一种迷失。所以,第一个人,也就是自我,却是最不该忘记的、必要而本质的找寻。"有两种海鸥,一种将飞行当作觅食的手段,于是它竞逐的范围主要在海岸边的船舷。另一种海鸥将飞行当作飞行,所以它没有把觅食放在心上,却享受到了内陆与远洋的丰饶。"《海鸥乔纳森》如是写道。作者所行走与实践的,正属于一段"将飞行当作飞行"的人生,是自由诗人的生命道路。其要义恰恰在于,只有在自由的飞翔当中,才可能寻觅到真实的自己,与自己正面相遇。

我在此祝愿,在生命的收割当中,望作者早日收获自己、抵达自己。那么,尾随而来的所有相遇,都将会是正确的相遇,都是圆满生命的瓜熟蒂落,自然运化的水到渠成。正如诗人歌德所言:

一切无常者,
只是一虚影;

不可企及者,

在此事已成;

不可名状者,

在此已实有;

……

深入的遇见

我们都是穴居者

好莱坞电影《盗梦空间》是一部艺术杰作，而且充满哲学的意味，很好地为我们诠释了何谓瑜伽圣典里面的"摩耶论"。其基本理念来自印度的《瓦希斯塔瑜伽》。梦中有梦，梦中有梦，梦中继续有梦……于是，问题就出来了：第一梦者是谁，第二梦者是谁，第三、第四、第五……梦者又各是谁？常人大致能发现次等的梦者，也就是种种的私我。发现含摄越广大周备者，其精神境界也将越高，而圣者却能发现那第一位梦者，也就是宇宙大我（Self），此宇宙大我涉入了无数的梦境，构成了意识的连续性。奈何我们人类深陷摩耶，无法认清实相。

柏拉图在《理想国》中曾说及我们常人视野的狭窄，其对存在的无知，恰如背光而居的山顶洞人，看到的永远都是真理模糊的身影。到了近代哲人培根那里，对虚幻的假象之理解更深入了一步，不但有洞穴形成的"洞穴假象"，更有"种族假象""市场假象"和"剧场假象"等共为四类。但说到底,其实他们还是在说同一件事,即与真理照面的困难。人类生活在自我构建出来的观念里面。所谓纯粹客观的、存在于意识之外的世界,这在东方的传统中常常被认为是错误的认知,一切归于意识。譬如,当代的印度老师会说:

宇宙是意识卓越的展现,你在这里看到的一切,都是卓越意识的展现。意识创造出来的每一个物体都在提醒你,创造这个物体的意识,是存在的基础,它是辉煌而卓越的。"婆罗多"是卓越的意思,"摩诃婆罗多",就是指卓越中最卓越者。

无独有偶,佛陀之后2500年,德国物理学家普朗克也云:

所有物质皆需借助一种力产生并存在。在这种力的背后,我们必须假设有意识与智慧心灵的存在。这就是所有物质的母体。

当然,柏拉图整体上还是乐观的,故尚有自洞穴走出,而迎向真实世界的希望。然而,若是借着古希腊的理性与辩证法的光辉,这种希望必止步于奢望,因为这种往外走的迷途几乎是注定的。但柏拉图毕竟不失其深刻,我们也确凿是穴居者,在世的如影日子,很难摆脱这个神秘洞穴与摩耶固有的捆绑。

印度的《爱多利亚奥义书》云:"一百座铁的城墙包围着我。"(2:5)

中国的庄周则云:"夏虫不可语于冰者,笃于时也;井蛙不可以语于海者,拘于虚也;曲士不可以语于道者,束于教也。"

除了先天的限制,狭隘的一曲之士,更因限于社会性的教育,限于自家心灵之逼仄与观念之狭窄。若求真理之现身,其难度屹然壁立。

我们的目光能望到多远,我们的精神视野可以扩展到哪里,几乎都是注定的。譬如,我们能走进一朵花、一粒种子的世界吗?能够探索到石头内在的火焰吗?还有,遥远的星辰,以及比星辰更遥远的他者的心灵!我们之所视,仅仅是一段极为有限的光谱;我们之所听,仅仅是一段极为可怜的音域。而在短促不居的时间里,我们又如何可以懂得千年大树和万年化石的生命经验,更遑论地球和宇宙了。

泰戈尔曾云,你的眼界不一定是一只虫子的眼界。于是,他举玫瑰花为例。你看到的玫瑰花是美丽的,但是你用放大镜看玫瑰花的时候,玫瑰花已经不见了,只是一些坑坑洼洼的物质形态,而虫子看到的也许就是你用放大镜看到的模样。玫瑰的花期在你是确定的,如果把时间的步伐加快到瞬息开合,或者永久难凋,则玫瑰也不成其为玫瑰了。对于以千万年为单位的生命来说,玫瑰的花开花落无非就是白驹过隙,花的形态根本无法呈现;而对于另外一些生命来说，它们的无数次生死加在一起还要短于花开的镜头。这朵娇艳的花儿对于它们，还存在吗？

2013年，诺贝尔物理学奖出，人谓"上帝粒子"，似是物理学之至域。科学于斯再无力越界。科学者，其唯处理"后秩序化"的宇宙，其实所谓"Cosmos"，即意味着"三极道贯"之后的秩序界。

而秩序前的存在，神话里谓之"Chaos"，中国道家唤为"浑沦"，此乃纯无之域，或曰非有非无域，它却又是万有之母体，一切皆来自于它，老子谓之"玄之又玄，众妙之门"。此已含摄非秩序之神界、天界等。故无论西哲之康德，还是印度之吠陀，抑且吾国道家与佛学，皆谓"不可说，不可说"云云。

其实，此神秘域非但在彼之远处，实亦在物际之深处，即"Chaos"不但指创世的分界，也是事物内在的分界，每一事物到了深处，都被莫测的黑暗所包围，如同世界的鸟巢围拥着沉默的睡鸟。这也是"上帝粒子"无法触及的无穷深渊。

如此遐想下去，我们就会越来越吃惊，越来越发现人类曾经的狂妄自大，以及个体常有的傲慢与无知。我们每一个人其实都是穴居者，而身体是我们先天的洞穴，教育所成的观念则是我们的后天洞穴，就某种意义而言，几乎永远无法走出这些洞穴。除非——除非你成为这个万有本身的整体意识、整体觉知。那唯有借助大瑜伽，或能达成。

神话少年伊卡洛斯的翅膀

在"水岸山居"著名建筑群所在的中国美术学院象山校区，一次讲课中，曾谈到了英国画家惠斯勒这类特立独行、倾心于创造性的艺术人格。他曾在美国西点军校接受教育，然而他属于那种于任何境遇里面，都不会轻易放弃创造性思维的艺术天才，纯以自然主义的态度，或者以机械化的目光来接受存在的面相，从来不会是他所乐意的命途，故而与军校这样的成长环境有隔。最后，他到了英国，彻底进入绘画领域的孤力探索与创造。

美不是存在，而是一种发生。美的意义，自可救援世界之有限，赋之以无限；救援心智之贫穷，赋之以丰盛；救援灵魂之匮乏，赋之以无量无边之存在界的大诗意。物境即心境，一幅风景画，就是灵魂呈现的一种活泼泼的境界。人之异于禽兽者几希，正萌生于美感与道德感之初启。意义界的他义，常常以发光发亮的美的一念、善的一念，而得以相会，遂成佛道。这种心物相遇，亦可谓"正法眼藏，涅槃妙心"。

据说，佛陀曾经在一次默示中，唯是拈花不语。半晌，一位名叫大迦叶的弟子，忽有所悟，破颜示笑，僧人的生命，也如花一般地开放了。作为现场唯一一位领悟了这个开示的人，他便将此"拈花而笑"的启示传递下去，后来，终于成就了伟大的禅，成就了世界之庄严、光明与美的一面。

看出花的美丽，能够唤醒人类与存在界深处的本质之觉醒。这是人类意识过程当中最为重要的精神事件之一，故而当日佛陀如是说："得我道者，唯迦叶矣。"我们习常称之为"花"的美丽存在，多少岁月以来，这些优雅而芬芳的事物，在另外一类所谓高级的物种，即人类的意识那里，扮演了如此关键的角色：人类逐渐地被花朵吸引，并为之而深度着迷而喜不自胜。随着这种意识的进化，花朵极有可能是人类所珍爱的无数事物当中，第一个没有实用价值，而且与生存无关的东西，却恰好成就了人类一双自由的翅膀。

所以，花朵曾为无数的艺术家、诗人与神秘家们带来了灵感。埃克哈特（Eckhart Tolle）说及地球上第一朵花开时的情境，他是这样说的："地球，一亿一千四百万年前，一个旭日初升的清晨：在这个星球上有史以来的第一朵花，正绽放开来，迎向了日光。这是宣告植物生命进化转变的关键事件，虽然在此之前，植物早已经覆盖这个星球好几百万年了。当时的条件可能并不适合花儿遍地绽放，因此，这第一朵花也许很快就凋谢了，而花朵的绽放在当时也必定是相当罕见的。然而，有一天，当一个关键性的临界点到达时，突然之间，整个星球到处弥漫着各式各样的色彩和芳香——如果有一个观照的意识在此观察，就会目睹这一切的发生。"

因为这种美，这种存在界黄金一般珍贵而神秘的创造性艺术，使人类懂得了自由的妙谛。"大部分在地上爬行的爬虫类，最固着于土地的生物，几百万年来都毫无改变。"然而，在它们之中，有一些罕见的物类后来却终于长出了羽毛，长出了翅膀，变成会飞翔的鸟，从长久以来拖住它们的地心引力当中，最终解放了出来。由爬虫类的生物，进化为鸟类，它们不再困扰于谋食的原始阶段——它们并不是由此而变得更善于爬行，或是步行奔跑，而是以飞的方式，完全超越了故常之行径，摆脱了习性。

宝石，或美玉，虽自冷硬的矿物而出，却拥有了温度与光泽；水晶，原本就是普通的尘土，终于透进了光；而飞鸟，又何曾不是经历过无数世纪土地上的爬行，一直与浑浊的泥土为伍，与草木相伴。最后，它们都成了同类当中的觉悟者——矿物、尘埃与动物中的觉悟者，一旦精进如斯，便缔造了生命的自由，展现出前所未有的风姿。

自由，对于生命的强健与存亡常常是无用的，甚而是危险的，但偏偏是存在界全部的、最后的目的地。譬如，于暗昧的植物当中开出了那一朵花，正如于平淡无奇的人世，出现了精神觉悟的大事件，如甘泉之初开、拂晓之曙光一般，出现了佛陀，继而出现了大迦叶，出现了菩提达摩，以及后来的禅与禅家。

故而历代的无数圣者，都这样教导着我们：对花朵进行冥想与沉思吧，向它们学习如何生活，如何摆脱暗昧、摆脱混沌与沉滞，寻找觉悟之秘道。

这里所讲的，是我们心目当中的艺术家，更是那些摆脱了自然律与机械律束缚的生命艺术家。

世界原是一座大大的迷楼，地球就是暗昧深藏与业力纠缠的复杂迷宫，而每一位优秀的艺术家，他们都是神话当中最喜爱自由的那位神话少年——伊卡洛斯。他借着一双艺术的翅膀，一飞冲天，飞出了世界与大地的混沌；若是他再懂得，并保持了那种平衡，他就有可能抵达彼岸，如同佛陀。

但丁：生命就是伟大的朝圣之旅

一

当人间的美好愿望还没有成为现实的时候，当天堂的理想还停留于圣职买卖的阶段，伟大的诗人但丁已经开始不安了。欧洲大陆的天主教团的整体腐败，根本无力将天国的诺言在人间兑现。最优秀的人必然很快醒悟到：抵达理想王国的道路无法由僧侣阶层来引领，而必须由一己的生命来铺就。于是就有了但丁的灵魂漫游地狱、炼狱，最后抵达光明澄澈的天堂的伟大历程；于是就有了人类历史上最杰出的史诗之一——《神曲》。这是一条关于灵魂秘密成长和壮大的美好路途，是一条伟大的精神朝圣之路途。

对于不可知的事物，维特根斯坦的建议是"沉默"。但这话对于精神生命强健的人是无效的。但丁《神曲》的意义便可以在这个层面上产生，并且能够源源不断地涌出它的崭新意义，因它是对不可言说的事物进行了言说，而且是规模宏大的言说！——整整花了一百首歌，一万四千二百三十三行来言说，以它那严谨而完美的结构和韵律，以及完美的音乐。任何事物，一旦到了深处都是音乐，音乐在事物的内部持久地响着。而所有其他的东西仅仅是表皮和果渣。这是此世的核心秘密，也就是创世的秘密。而且我们必须注意，创世是永不停顿的，神秘的手掌在恒久地运作着。而但丁参与了这个创世的秘密。

为了能够顺利进入《神曲》，我们必须从《序曲》开始，其标题是《弗吉尔救助但丁》。但丁是意大利城邦国佛罗伦萨的市民，那时的佛罗伦萨经由古代阿拉伯和地中海的中介，已经透进了古老文明的第一道曙光，而欧洲的文艺复兴正是以古希腊和古罗马的异教文化兴起为代表。作为古罗马最伟大的诗人之一的弗吉尔，他的一些诗章为他在中世纪赢得了预言家和魔术师的名声，所以被但丁视为精神的导师和智慧的海洋，帮他穿越了地狱和炼狱的昏惑、穿越生之迷途。但丁对弗吉尔的灵魂说：

你是我的大师和我的先辈
我单单从你那里取得了
那使我受到荣誉的美丽的风格

弗吉尔在《埃涅阿斯记》中关于主人公由神巫引导游历阴间

的描写,就直接启发了但丁《神曲》的创作。这无疑也是一个美好的见证:再伟大的诗人也一样需要古老文明的援助,需要借助他人之舟筏来渡过自己的人生之河流。

二

但丁的序曲也是诗人留给我们的第一个秘密,我们可以用吟唱的方式进入,同时以倾听的方式打开,诗人曰:

就在我们人生旅程的中途

我在一座昏暗的森林之中醒悟过来

因为我在里面迷失了正确的道路

唉,要说出那是一片如何荒凉,如何崎岖

如何原始的森林地,是多难的一件事啊

我一想起它心中又会惊惧

那是多么辛酸,死也不过如此

可是为了要探讨我在那里发现的善

我就得叙一叙我看见的其他事情

我说不清我怎样走进了那座森林

因为在我离弃真理的道路时

我是那么睡意沉沉

人们历来是将《神曲》视作一部百科全书式的鸿篇巨制，几乎包罗中世纪的一切学问。所以研究但丁的意大利学者奥扎南（Ozanam）说："《神曲》是中世纪文学哲学之总汇，而但丁就是诗界的圣托马斯（Thomas Aquinas）。"

但丁的根在精神土壤里扎得极深，深入到了神圣的宇宙秘密之中，确非我们常人所能够抵达。幸亏他在其学术著作《飨宴篇》中早做过提示。他说，要理解一部伟大的作品，必须掌握它的四种意义：字面的意义，譬喻的意义，道德的意义，还有奥妙的意义。其中第四层意义，也就是超越性意义。类似于自神祇处领受过来的至高启示。这也是《神曲》最难索解的奥义。所以有时候我们可以认为，但丁的伟大在于，他创造了一种启示的文学或者说，是一种区别于先知布道的崭新的启示文学，用史诗的形式。即便穷尽了我们毕生的智慧，我们也未必能够穷尽这诗歌的启示本身。很难想象，一个写出了一万四千多行神秘启示的诗人，居然能够那么从容而又清醒，丝毫也没有沉陷于迷狂的迹象。但伏尔泰还是说："但丁是一个疯子，他的作品是怪异之物。有很多评论家在评议他，但没有人真正理解他。"德国诗人蒂克（Ludwig Tieck）也说，《神曲》是"一首神秘的深不可测的歌"。

面临本质的事物时，诗歌也许是最有效的，也许诗歌才是最能够传达至高哲理和至高奥妙的形式，在此哲学不一定有效。但丁在这一点上是成功的。当圣托马斯在酝酿他宏大且备受尊崇的思想体系时，但丁却依凭他的诗歌攫取了精神王国的皇冠。对于这种诗的智慧，但丁有足够的自信，他借弗吉尔之口嘲讽了理性的软弱："谁希望用我们微弱的理性识破无穷的玄梦／那真是非愚即狂"。而且他还说："我将……作为一个诗人归去／在我受洗的泉边戴上我的桂冠"。显然他也意识到自己在从事的是一种伟大的精神工程。

但丁说，"就在我们人生旅程的中途……""人生旅程的中途"。这是指什么时候呢？我们度尽的年月，经常像是叹息一样地轻微，而在《旧约·诗篇》里响起了神人摩西的祈祷："我们一生的年日是七十岁／若是强壮可到八十岁／但其中所矜夸的／不过是劳苦愁烦／转眼成空／我们便如飞而去"。也许诗人但丁也受到类似启示，他在其《飨宴篇》中把人生比作一座拱门。他说道："这座拱门的顶点在哪里／是很难确定的／但就大多数的生命来说／我相信／达到这顶点是在三十岁和四十岁之间／而且我相信／身体组织最健全的人／达到这顶点总是在三十五岁"。

而但丁生于 1265 年。正是三十五岁（即 1300 年的夏天）的他被任命为政府最高行政机关的执行委员，持续了两个月他就下台了。两年后，他就被教皇势力驱逐出佛罗伦萨，然后终生在异乡漂泊，最后客死异域。

诗人在回顾自己的这段生命时云："就在我们人生旅程的中

途 / 我在一座昏暗的森林之中醒悟过来"。显然,从政治的旋涡中脱身,在诗人眼里,无异于是从"昏暗"中"醒悟过来"。历史上有颇多诗人在人生的中途苏醒之例子(如东晋诗人陶潜四十岁时主动离任),然后用自己的眼睛寻找自己真正的位置,于是通过诗歌的形式,进入了对生命本质问题的思索,或者说是对灵魂成长问题的思索。奔放雄奇的历史学家卡莱尔(Thomas Carlyle)说:

如果他成为佛罗伦萨的一个成功的市长,那么十个无言的世纪就会默默地过去,十个其他的倾听着的世纪(因为将会有十个或更多的世纪)将会没有《神曲》可听!我们什么也不抱怨。一个更高贵的命运委派给这个但丁;他像一个走向死亡和十字架上的人一样斗争着,不能不去实现这个命运。

而对于一个禀赋很高的诗人来说,这也正是他回家的道路。他的使命之一就是,向我们揭晓他所掌握的神圣的宇宙秘密。

当然,我们还必须承认,他们的这种觉醒和使命担负,通常并非源于他们自己主动的承载,而是命运使然,除了命运,什么都不能阻止或者推动这项工作。

三

"我在一座昏暗的森林之中醒悟过来"。但丁告诉我们,他的苏醒之地是在森林！是的,森林！复杂的幽暗的森林！

其实我们每一个人都有可能会被遣送到生命之林的昏暗中,命运塑造人的手腕之一就是：通过迷失来促成我们的觉醒。因为只有在黑色的森林里面,在歧路丛生或者无路可走的时候,我们才会被逼迫着去真正思索生命去向的问题！一个迷路的人,才会在林中寻觅着自己的道路！当然,也许会有更多不幸的人将永久地在森林中失踪。

是的,那"昏暗的森林"倒容易让人"醒悟过来",因迷失而后得路,因困惑而后获解,因混沌而后澄澈,这几乎是所有从黑暗中顺利突围的思想者的共同命运。但在那林子里边的迷茫又是何等地深刻,想想都有些害怕。诗人但丁这么说：

因为我在里面迷失了正确的道路
唉,要说出那是一片如何荒凉,如何崎岖
如何原始的森林地,是多难的一件事啊
我一想起它心中又会惊惧

在寻找"正确的道路"的过程中,诗人但丁的一生可谓历尽坎坷,遍尝崎岖和周折。而我们为了寻找到但丁所说的"正确的道路"，为了把这一点讲清楚，先不妨展开一些必要的联想。

但丁的命运，与我国的三闾大夫屈原很是相似。比如，像屈原一样，但丁也是一个政治斗争中的失败者，也是一个被自己的家国驱逐的流亡者，也是从一个试图建功立业的政治家化身而为的抒情言志的诗人。而且无论《离骚》还是《神曲》，都是诗人伟大心灵世界的宏富展示，曲折心路历程的诗化表达。有趣的是，他们最后的命运也甚是接近：一个投水而亡，一个身死异乡。

屈原在《离骚》中藏有一句十分有名但又十分古怪的话语："路漫漫其修远兮，吾将上下而求索。"我所说的古怪是指，它背离了我们的生活常识，而这种背离却又容易被我们所忽视。甚至我们还习惯了无视一切生命之奇迹。其实我们都知道，生活中的多数道路是平面的。那么试问：屈原"上下求索"的应该是一条什么样的漫漫长路呢？难道仅仅是诗人运用的一种诗歌修辞吗？

无独有偶，比屈原稍微早些时候，古希腊以晦涩著称的哲人赫拉克利特（Heraclitus）也留下一句格言，曰："向上的路和向下的路是同一条路。"他们不约而同地都在强调同一维度，看来我们必须得注意这个维度了——不是平面的，而是纵向的。

而当我们的思维在但丁的《神曲》中纵横驰骋过以后，一切迷境就迎刃而解了！因为但丁给了我们答案。他在《序曲》里边说："假使你要逃离这荒凉的地方／你必须走另一条路"。是的，

"另一条路"。他还在《炼狱篇》的第二十一歌中有过暗示：

只有一个灵魂自觉洗涤干净

可以上升或开始向上行走的时候

那时其他灵魂的欢呼也就随之而起

是的，只有一个灵魂自觉洗涤干净，只有一个灵魂在"上升或开始向上行走的时候"，"其他灵魂的欢呼"才会"随之而起"！

而在整部《神曲》中，他更是塑造了地狱、炼狱和天堂的纵向形象，这里有超然的、纯净的、神秘的信仰和理想，它在显示着灵魂的步步上升和自我壮大，从此地到达彼天的过程，直到幸福者的最后居所，直到上帝的面前。与屈原和赫拉克利特一样，他们对道路的这种安排看似隐秘，可又十分坦然以见。毫无疑问，这些生活在事物内部的诗人和哲人都在告诉我们同样一个重要的信息，甚至可以说是秘密：精神的道路是上下运行的，精神的大树历来是纵向生长的。而在这里，信仰会帮助我们扫除一切表面的东西，使我们有可能找到深入事物的道路。

生活中的道路如果错了，也许我们还可以换个方向；而一旦走上了精神的歧途，那极有可能会导致毕生的黑暗。所以但丁在《飨宴篇》中说："我们因此一定要知道／正好像一个从没有到过城里的人不能走正确的道路／除非一个已经走过这条路的人指点给他

看 / 所以踏上人生迷误的森林的青年不能走那正路 / 除非有他的长辈指点给他看"。而诗人屈原在《离骚》中也吟道:"彼尧舜之耿介兮,既遵道而得路。"

而但丁对生命正道的追慕是刻骨铭心的,他在《地狱篇》第二十六歌中描述古代英雄奥德修斯的时候,指出:"人不能像走兽一般地活着 / 应当追求美德和知识"。于是,但丁将古罗马最伟大的诗人弗吉尔作为自己灵魂道路上的智慧之光,带领自己穿越黑暗的地狱和布满烈火的炼狱,最后到达了天堂的门口。然后让圣洁的贝德丽采引入了天堂。也就是通过智慧(维吉尔)走出迷谷,再通过爱(贝德丽采)到达天堂,完成了屈原的"既遵道而得路"的理想目标。但丁在《神曲》全诗的最后,便这样来结句:

要达到那崇高的幻想,我力不胜任
但是我的欲望和意志已像
均匀地转动的轮子般被爱推动
爱也推动那太阳和其他的星辰

因爱而得以进入天堂,这也是诗歌给我们的重要启示之一。

四

我曾经在一则关于读书方向的笔记中提及但丁:"从 20 世纪

退出,回到 19 世纪的俄国可能是一条较好的路,或者也可以回到 18 世纪的法国,甚至回到文艺复兴时期的意大利,最好是回到中世纪那黑暗当中。那是真正的大地,是黑沉沉的、沉默如斯的隐秘之地,它至今还隐藏着它的宝藏,在 13 世纪,但丁从里面敲出一星点的火焰,就能照亮七个世纪的天空。其实,这块精神土地十分庞大,却至今对我们藏着。"

但丁是从中世纪的深渊中缓步走出的,他代表着那个整整沉默了十个世纪的声音重回大地。他的启示意义是巨大的。英国历史学家卡莱尔说:"整日坐在椅子上作诗的人,绝不会作出多么有价值的诗。至少他本人得是一个勇士,否则他就不能歌唱英勇的战士。"

但丁在 1302 年的 3 月,被判处终身流放。那判决书里还说,只要佛罗伦萨的土地上出现但丁的影子,就把他活活烧死。于是但丁必须远走他乡。几年以后,他得到别人的暗示,如果他向佛罗伦萨当局交一笔罚金,并接受一项屈辱的仪式,他就可以恢复自己的一切公民权利以及以前的财产。结果但丁以诗人的骄傲拒绝了这种救赎。他说:"要是损害我但丁的名誉,那么我决计不再踏上佛罗伦萨的土地!难道我在别处就不能享受日月星辰的光明吗?难道我不向佛罗伦萨市民躬身屈节,我就不能亲近宝贵的真理吗?"

于是他从一个保护人那里转到了另一个保护人那里,从一个地方徙至另一个地方。他在《天堂篇》的第十七歌中云：

然后你将体会到吃人家的面包
心里是如何辛酸，在人家的楼梯上
上去下来，走的时候是多么艰难

这些显然是但丁在流亡途中的"辛酸"体验。受难显然不是什么愉快的伙伴，但许多人却通常是因受难而逐渐变得完美起来，但丁无疑就是这么一个人。

美国历史学家威尔·杜兰特（Will Durant）说：

于是，这个温和的佛罗伦萨人就像人间的基督一样，又一次遭遇被追捕的命运，而且一旦被捕，就会被烧死。他当然没有被捉住烧死，但他的精神已经被严酷的命运摧毁了，他后来能传神地描述地狱，是因为类似的场景他在人间都——经历过了。

是的，这温和的佛罗伦萨人，他身上有着一种不朽的忧郁和悲伤，又像神子一样地长年在异乡漂泊。于是他在流亡的途中开始了自己的抒情和建筑。这样的流亡者将成为独裁政治最后的，也是最厉害的敌人，将成为人类尊严和个人自由的斗士，同时也必定是人类优秀文化和诗歌的发源之地。在黑暗的年代，只有这种永不妥协的流亡者和流亡精神才会解放我们，激励我们，使我们不至于无声无息地被时间湮没。

而像但丁这样坚强的流亡者在尘世已经失去了安慰，失去了故乡，地上已经没有了他的归宿，他的故乡已经转移到了天上。因为在地上，他被投入了无边的流亡之中。所以他在自己的墓碑上留下了这样的铭志：

我但丁躺在这里，是被我的祖国拒绝的。

他因着他那伟大的言说和无畏的朝圣，那美好的抒情，而被人们纳入了圣徒的行列，站在了神的右边。

一个在生命的中途，便已经窥见地狱的全部烈火、炼狱的全部艰难的人，怎能不将自己的双手伸向天空呢？他在人地上已经以绝望的形式获得救赎。因此，他有抵达天堂和品尝天堂欢愉的权利，他可以享受这天堂的所有幸福。"但丁"，这名字听起来是刚性的，但更是充满芳香的，也必将是不朽的，而这一切，显然已经无须交由历史去言说了。因为，他已存于永恒的庙堂之上，随时间而永存。

拉格比,一个充满祈祷的小镇

悄悄地,我像一个贼一般地出现在了拉格比,这个美丽的英国小镇,没有人认识我,更不知道我来此地的目的。这是2010年春天的某一日,我带着东方的面孔,从东方的虚空中来。我实是一个窃智者,我来此是为了窃取我所要的智慧,与一位杰出人士的人文理想密切相关。

我一个人搭上了从伯明翰开出的火车,穿过一个个陌生的城市和乡村,穿过一个个草原和牧场。火车到了拉格比,仅仅停留了一分钟,就在这一分钟之内,我下了火车,进入这个宁谧的小镇。

一开始,我几乎没有惊动任何一个人,只是静悄悄地行走在这个小镇的街道上,很好的阳光照在很好的地面上,发出了行走的声音。而拉格比,它似乎还处在黑甜的梦乡。

我也确实问过三次路，遇见一个不断微笑的英国女孩，一位耳背的英国老人，还有一个当地的农夫。第一个说，你前行二十分钟，右转就可以看到一个高高的尖塔，然后就是笑着；第二个说，请再说一遍，请再说一遍，我听不见；第三个说，是的，就是这里，你可以直接从那边的一扇门里进去。

我寻找什么呢？我为什么要一个人行走？为什么要像一个贼一样地悄悄出现，悄悄行走？我只与这三个人说过话，我在这里寻找通往我要去的地方，和那里的一扇久久相期的门。我到了，我看到了高高的尖塔是圣安德鲁斯教堂的尖塔。那个老人是我在拉格比的街角遇上的，当时我站在该城写着"Tavern"的大大招牌之下，他用了很浓郁的英国外省的口音跟我说话。他现在只会说话，已经忘记了如何倾听。我可以想象他年轻时候的健壮，与年轻时候的激情模样，他一定可以在乡村的舞会上，成功俘获美丽乡村少女的心。至于那个英国农夫，那一个快乐的农夫，他紫铜色的脸膛儿，怀抱满满的善意，他给出了最后的指示，他说："对，就是这里，那边就是一道门。"当时我正绕着大大的房子走，我竟没有发现门，我跳了起来，可以看到里面的操场，一大片的绿茵草地上，正托着一个异国的春天。可是我却找不到一扇门。我感谢了这个小个子的快乐者，是他告诉了我。

然后，我就进去了，这小镇原本就很安静，而里面更是安静本身，我没有听到任何的响动，除了自己轻微的脚步，擦击着地面的声音。很快地,我的眼前便出现了拉丁文,很多很多,门上、墙上,后来,满眼皆是,甚至还看到了两位圣者的头像雕刻在一面大墙上,一位是亚伯拉罕(Abraham),一位是圣洛维斯(S. Lovis)。在大门的上端居然也刻着一行拉丁文"Orando Laborando",译为中文,大致是"祈祷与勤勉,皆为汝之福祉"。大体似乎对应了印度人的虔信瑜伽与行动瑜伽,都是吾人深心福祉之圣所,是可以于各个时代昼夜持守,以护住我们时常趋于脆弱的平安。我看到了大多数的墙面上,皆长着几百年前播下而长成的古藤,苍劲而有力。

我出来的时候,才看到了这个门口牌子上写着"非许可者,免入"的字样。可是,我进来时又有谁知道呢?我也见不到一个学生。当然,墙上确实写着"Rugby School Private"。

是的,就是这个学校,英国最著名的公学之一。如同伊顿培养出雪莱,哈罗培养出拜伦一样,拉格比培养出了维多利亚时代中期的先知式人物马修·阿诺德。而这个阿诺德就是从这里走出来,走向牛津,走向时代,并走向了全世界,当年这所学校的校长,也就是他的父亲——托马斯·阿诺德。在我走动之时,我发现这小小的乡镇,到处都是他们的足迹,我还看到以阿诺德命名的街道,我看到以阿诺德命名的社团,我还看到以阿诺德命名的拉格比(Rugby)。

我出门后胡乱地走,就走进了当地的图书馆,在里面,我发现了一本《拉格比的阿诺德》（*Arnold of Rugby*）。我坐了半个多时辰，我暗想两百年前，就在这安静的乡镇，走出了自己时代的先知，今天，我，一个自东方古国来的寻觅者，如同一个深夜的不速之客，像小偷一般地来此地窃智。无人熟悉，无人知晓，而阿诺德本人是知道的，因为阿诺德就是我所窃取的人文智慧之府库，他必在暗处发着笑，如同我刚下火车时首先问路的那位女孩，她好像知道我的来意，冲着我直笑。

此次行走的冲动，出于我对阿诺德的崇拜，于是，我拜访了这座名叫拉格比的小镇。

我往回走时，才想起圣安德鲁斯教堂前面的一些美好的话语，满满的祝福，宣传窗上印着最大的一行字是："如果你听到钟声的敲响，那即是我们为你而做的祷告。"（When you hear bell ringing, we are praying for you.）

是的，这是一个充满祈祷的小镇，拉格比！

我穿过了泰晤士河的川岸

此文的写作时间是 2009 年的冬天。彼时,我在泰晤士河岸边的山上,生活在一座印度人建立的道院里面,与几位僧人为伍,度过了一些美好的时日,然后下山回城,看到了泰晤士河的川流与水岸上的人们,心生感慨。

人是一种类的群体,人作为个体,在宇宙中并不比草木坚强多少,诚如帕斯卡尔的那句"人是一根脆弱的芦苇"云云。但帕斯卡尔在强调思想的伟大,我在这里却是要强调群体结盟的必要。而人类之所以要展开对话和交流,是基于严峻而深刻的生存论的迫切要求,互为援助才能够保证类的存在,而类的存在也一并保证了个体存在的可能。尤其是想到了人间的情分与缘分,更是遽起即逝、疾如奔马……

于是,在英国的乡村火车上,草就如是。

我觉得犹如梦境。

我坐在英国那种最小的乡村火车里面,左右两边都是泰晤士河的支流,此刻的我正穿行于其中间的川岸上,这川岸类似于中国古诗里面常提及的"河洲"——"关关雎鸠,在河之洲"。

拿眼望去,江面开阔处宛如一马平川,窄处似乎可以一跃而过。此时的我正从英国的吠檀多道院出来,前往雷丁方向的火车站,准备在那里再转往伯明翰,我知道自己可以乘坐开往曼彻斯特的火车,然后经过牛津、考文垂。最后,我会抵达伯明翰,而其他人也会各自寻找他们自己的方向与家园,奔赴各自的命途。

泰晤士河的美丽,以往只是在梦里相遇过,而我在英国的时候,其实也一直不敢轻易造访,因为常常将它与伦敦联系在一起,而伦敦之行,目前还不曾全然浮出水面。可是,没有想到,我这些日子,居然一直生活在它的身边,我前几天下山时,没有往乡镇的边上走去,所以甚不知情,现在火车上才看得到,简直如同梦寐初觉,又复返梦境。

河川与洲岸上,自然也是长满了青翠的草木的,而且极为茂盛,有些野地的草,看样子要高过那些影影绰绰的人的居房。上次在高速公路上已经开了眼界,对英国乡野的美丽我深有触动,这里也不例外,而且那些互相友好致意的乡民们和他们所居住的典型的乡村民房不禁让人生发了种种奇想,并试图进入他们的内心,设想他们与自己截然不同的人生和际遇。而在这样的房子里的每一个人，也都一样地度过他们的一生，我不清楚他们喜怒哀乐的具体式样，但相信其感情的浓烈程度照样可以让人生，让人死。

是啊，谁不曾爱过，而谁的爱情不是要花去一生的记忆去慢慢测量呢！感情的质量与人的出身、肤色、种族和区域原本无关。那是一种在世的情分。

此时，车厢里面，坐我右首的是一位英国男子，岁数并不大，但头上却已经秃去一大片，他正在吃着便餐，很多的英国人就是这样打发着自己的午餐；坐我前面的一位妇人，看上去很像一个乡村的教师，此时却正在阅读着法国的女性杂志；后面临门处站着一位年轻的妈妈，手扶着推车，里面躺着她的孩子，所以她没有坐下来，而甘心一直这样站着，随时照看孩子每一次的举动，微笑着，心中甜美。

然后，很快，泰晤士河就被我穿越而过，不见了。

就这样，我穿过了泰晤士河的川岸，车畔驰过的则是冬天的风，车上车下的众生，拥有不一样的肤色与面孔，却怀着相似的、人类的感情。

莎士比亚就是一切

所有的原野都往远方奔跑，所有的树木都往天空生长，所有的风都往一个地方吹，而所有的心情和歌唱，都指向了同一个天才和圣者的家园。远方的牧群宛如飘动的白云，天上的白云又在牵引着地上的生灵，流水、村庄、绿草、蓝天，还有阳光，一切人间最美好的事物似乎都在同一个时间涌现。很难想象，我们在火车上会望见这些事物，而这居然是我们的这次朝圣之旅——通往莎士比亚故居和圣所的旅程。

政治的天才会为人间带来新的秩序，而诗的天才会为我们带来新的音乐，甚至把旧秩序一并化成新的音乐。印度诗哲泰戈尔这样评价一个诗的天才，说这样的一个天才"是一个天生的孩子，当他死时，他把他的伟大的孩提时代带给了整个世界"。莎士比亚无疑是天才，而且是第一流的，但似乎不仅如此，他应该有更深刻的秘密，与整个泰戈尔，与整个东方精神有关。

我们一行三人，刚从居所阿斯特伯里（Asbury）出发前往塞里·奥克（Selly Oak）火车站时，天还是阴的，不但没有太阳，而且显然还在下雨，但岛国气候之多变我已深有领略。它一天之内可以玩魔术一般地化出无数的气象，朝雾和雨水，落霞和阳光不但可以前后更替，甚至可以同时共存。它改变了我们这些曾长久适应大陆性气候的人对气候本身的记忆，令我们困惑，也时常令我们惊喜。

从我们这里到斯特拉特福镇的直线距离甚短，但抵达圣地之路如果过于容易，会有致幻的效果，让人不安，如梦境般地不真实。果然，后来我们在转乘时乘错了车，把到斯特拉特福镇的方向错成了考文垂的方向。等我们把方向拨正之后，已经耽误了几个小时，道路似乎就此获得了延长，而心情也就恢复了平静，我们明白自己所到之地的特殊意义，旅程尽头的奢侈因其阻挡而让渺小的一颗心放松、释然。

隔了一层文化，人们很难想象莎士比亚在英国人心目中的地位，我想这种地位也许只有屈原在中国，但丁在意大利，歌德在德国和泰戈尔在印度相似。英国自然有许多杰出的作家和诗人，密尔顿、约翰逊、华兹华斯、柯尔律治、济慈等无不卓绝，让人惊叹，但是把莎士比亚仅仅列入这么一个谱系显然不够，在英国人心里，莎士比亚就是英国文学的标志，甚至就是文学本身。不过到了今天，莎士比亚与其说是英国的，不如说是世界的。别的姑且不论，单单莎士比亚的译著就足以成为不同国家、不同文化的精神成长的灵感和源头之一，像朱生豪翻译的《莎士比亚全集》无疑便是汉文学与英国最伟大的天才心灵的最佳结合之产物，因为英语受到表音语言的天限，此后的莎翁思想的永恒延续，也许还得借助汉语言中蕴藏着的与时间一较高下的奇功。

我们进入这个古色古香的小小市镇，发现其容颜着实美丽，无论是色彩、建筑、花鸟，还是人流，甚至天空。但谁能想象，就是这么一个不起眼的地方居然会走出人类历史上第一流的文学巨人。今天从这里到伦敦，不过两个小时的火车。我们东西横穿整个市镇，而且把镇中心到埃文河畔的路走了两遍也不过一个多小时。

除了在埃文河沿岸的漫步外，我们把主要时间花在了参访莎翁的故居。我们在这里看到了伊丽莎白时代的一些文物和生活的复原图，还看到了许多伟人在这里朝圣的印记，还踏在了莎士比亚双足踏过的真实的石板路。听讲解员说，所有的都是拷贝，只有这个是真实。还在留言册上看到了不少中国人的名字，但最让我激动和意外的却是另外一个事件。

我们从莎士比亚故居狭窄的楼梯和屋子出来之后，遇到一片明亮的光，非常明亮，然后就看到了后花园——莎士比亚的后花园。这个花园应该类似于陶渊明的桃源、曹雪芹的大观园等乌托邦，更类似于鲁迅心目中的百草园，它无疑是童年莎士比亚的乐园。有各种各样的花木，据了解植物种类的人说，有迷迭香、紫罗兰、雏菊、月桂、风铃草、剪秋萝、金盏花等上百个品种，其中有些还正怒放喷香。我在这个花园里面感觉很是畅快，但还是没有想到我会在这里发现奇物！也没有人告诉我，会遇上这样的奇物！

我其实远远地似乎看到了那个雕像，但我想，在英国，在莎士比亚的故宅，这应该是英国的，至少也应该是与莎士比亚故居相关的，所以并不存另样的期待。但是，万万没有料到，我遇到的居然会是泰戈尔——我心目中的另外一个上帝，一个诗歌之神，一个克里希那的化身！我在这里重新叙述一遍：在莎士比亚的后花园，我遇到了泰戈尔，一尊泰戈尔的青铜雕像，从印度运送过来的礼物。那一年，据那模糊的刻文说，是1995年，上面刻着："罗宾德拉纳特·泰戈尔（1861—1941），诗人、画家、剧作家、思想家、教育家，印度的声音，献给莎士比亚故居的礼物。"

谁有这样的灵感，谁有这样的天才，把东方的诗歌之王，莎士比亚三百多年之后的印度的泰戈尔放在了莎士比亚故居的后花园里面？我知道，这也许是无意，但更可能是天意。我明明知道上面写着的是当代印度杰出的艺术家"Debabrata Chakraborty"的名字，但仍然认为这里有巨大的灵感和天意，因为这太离奇了，它跨越了人类思维的两个极端，这种结果的达成就是奇迹。泰戈尔的雕像出现在莎士比亚的后花园，其实就隐藏着文学最大的秘密，两位王者在这里吟风弄月，促膝密语！

时至今日，莎士比亚身上仍然谜团重重，他的教育，他的天分和才情一直未知，宛如天外来物，令世界的学者们万分困惑，无从解答。莎士比亚心灵里面无疑藏有巨大的幽暗和沉默，一块天然的宝藏和陆地，保证了他能够拥有其取之不竭的灵感和教养，但这究竟是怎么样的一个神秘源头？我们真的无从知晓，如同面对创世之谜，人类的理性弱如轻尘。神秘是印度的本色，泰戈尔是印度为人类世界提供的最伟大的神秘主义诗人之一。我曾说过，虽然泰戈尔凭其薄薄的一卷《吉檀迦利》获得了诺贝尔文学奖，看似偶然，泰戈尔获奖也的确充满戏剧性，其中，无论缺少哪一个环节，都不会有后来的历史。但我认为，泰戈尔获奖，不是泰戈尔的荣幸，而是诺贝尔文学奖的荣幸，是它一百多年的颁奖史上最值得庆幸的一次，理由很简单，因为它把诗歌奖直接颁给了诗神，没有比这种颁奖更准确的了！

泰戈尔所代表的神秘主义有很深很深的自然和神圣的背景，就这个背景本身而论，它其实不分西东，是一种精神界的至尊母体，人类一直在共同享有，而天才的莎士比亚绕过常规的教育，直接抵达了那个神秘的核心，那里有一所以泰戈尔为代表的后花园，它藏在心中，如同果实藏之于花。

我们知道，文学史上天才作家不少，其中有恶的作家，如萨德、兰陵笑笑生；有善的作家，如托尔斯泰、屈原。但是很少有作家超越了这一层面，而抵达了生命本来的面目——那里既有光，也有暗，既有仇恨，也有慈悲。而莎士比亚却正是如此，他既是魔鬼，也是上帝，他超越了二元对立的层面，他提出的问题涵盖文学、伦理学、诗歌、心理学等。而更令我们震惊的，则是格罗萨克所指出的："莎士比亚在创造了财富之后，回到了他的村庄，像一个退休的店员一样养老送终，永远没有再提及他写过的东西。也许，完全忘却自己创造的绝世佳作是最非凡的现象。"

他的悲剧是永恒的自然之力在运作，而永恒是什么？永恒就是庞大无匹的生活本身，莎士比亚抵达了这个超越的层面而落实到了全部的现实生活。所以，他是一切，二元消融、时空并存的一切，他成了不二论最好的文学化身。

是的，"莎士比亚就是一切"，这也正是我在其故居留言册里写下的一句话，一个中国朝圣者的感觉。

但据说还有一个故事，它是这么讲的：莎士比亚在死前，也或者是死后，他曾对上帝说道："我徒然地做过了许多人，现今我只想成为一个人，那就是我自己。"上帝的声音从旋风中回答他道："我也不是我自己。我的莎士比亚啊，像你梦见过自己的作品一样，我也梦见过世界，既是许多人又谁也不是的你就在我的梦影之中。"

我们往回走的路上，天其实还早，但是暗得很快，似乎另外一场雨水就要降临了。此时我才恍然大悟，原来我们今天是从光的中间穿行而过。

万物的灵魂

很多年以前,我曾是一名中学老师。有一次,我指着手上拿着的一本词典对着自己的学生说:"你们知道吗?古往今来一切伟大的中文著作几乎都藏在这里面,无论是《史记》还是《红楼梦》,它们运用的所有字词几乎都可以在这本字典里找到,但是我们通常并不把这些字词集结在一起的字典、词典等同于彼种杰作。那么,我想请教你们的是:这本容纳了几乎一切伟大字词的词典,与那些伟大的文学作品本身,究竟区别在什么地方?"

学生们议论纷纷,但是抓住要义而答准了的毕竟不多。其实,我想讲的是生命,或者说——我想谈的是"万物中的生命,生命中的灵魂"。字词本身,站在那里是死的,字典里的所有字词都是死的材料,只有当伟人的作家赋予它们生命甚至赋予它们灵魂的时候,它们才活了过来,才开始有了自家的节律和呼吸,才展开自由的臂膀，如从死寂的梦中苏醒。这个道理似乎简单，但是举目四望，发现人们真正明白的实在不多。所有伟大的文学、艺术和宗教都是因为站在生命和灵魂的这一边，而拥有了独特的魅力与价值。当刘勰推崇文学之际，他的类比极富情采与高致："五色杂而成黼黻，五音比而成韶夏。"相杂之中成黼黻，相比之间成韶夏，即是创造灵命的过程。

这世上有无数的学理，充满智慧，非常雄辩，但是它们无法真正说服我，因为我的内在是生命，而生命高于知识，真理的经验也要高于真理的知识，这是恒定的基准。在真理和罗格斯面前，我选择并相信神话；在哲学和历史面前，我选择并相信诗歌。道理一样，前者离生命较远，后者离生命较近。

同样，与神话或者宗教相比，科学离生命，尤其是灵魂较为遥远。在科学思维面前，贝多芬的《欢乐颂》，不过是一串音符的繁复叠加；而泰戈尔的《吉檀迦利》，也不过是一组字词的机械组合；凡·高的《向日葵》，无非是几百克的颜料加上一块劣等的画布而已。我们若仅仅持有这种数学的脑袋、单向的思维，凡·高的《向日葵》，就只能等于这些物质素材的构成，只能是这幅画的成色、重量、颜料和画布的相加，而这些相加合在一起其实值不了几百法郎，但这幅画本身却价值连城。

先秦庄子的《德充符》通篇就是为了解决这个问题，他曾借孔子之口云：

丘也尝使于楚矣,适见豚子食于其死母者。少焉,眴若皆弃之而走。不见己焉尔,不得类焉尔。所爱其母者,非爱其形也,爱使其形者也。

这个道理同样指向人,我曾在另外一个地方言及:"如果人是肉身,化学家把人进行解剖,发现人体就是由水、氮、钙、盐等组成,这就是人。更有意思的是,还有一些化学家将人体解剖后,经过分析,他说人体的物质价值相当于什么呢?他以一个中等身材的男子为例,人体里面有脂肪,人体内的所有脂肪大概能做七块肥皂;身体内的铁能做一枚中型的铁钉;把他体内的糖分如果全部提炼出来的话,能够溶进七杯咖啡里,味道恰好;体内的钙拿出来能制成洗干净一个鸡笼的石灰;磷提炼出来能制成两千两百枚火柴;还能够提炼出一勺的镁盐;还能够提炼出破爆一架玩具起重机的钾碱;还能够提炼出为一只狗除虱的硫黄……这就是人体,如果人就是这样的话,一算价钱,还不到九十八美分,人如果仅仅是肉身的话,就这么廉价。"

所以,肉身不能代表生命,生命有超越肉身之外的领域,这个道理连小猪也会凭着直觉获得。梭罗在《瓦尔登湖》的"湖泊"一章里曾说过一句让人们颇费思量的话语:"只要永恒的法则还在统治着宇宙,那么没有一只真正的黑莓能够由城外的山上运到城里面来。"

我们在城市里面生活时，难道不是常常吃到最遥远山巅上的大多数水果吗？而梭罗认为，是的，也许你以为已经吃到了，其实那是虚假的，因为黑莓的真正滋味不会在好逸恶劳的城市人群里被品尝到。他说：

从来不曾采摘过黑莓的人，以为已经尝全了它的色香味，这是一个庸俗鄙陋的谬见。从来没有一只黑莓抵达过波士顿，它们虽然在波士顿的三座山上长满，却没有进过城。水果的美味和它那本质的部分，在装上了车子运往市场去的时候，跟它的鲜丽一起给磨损了，它变成了仅仅是食品。

梭罗还说："宇宙的法则不会削减其热情，它们永远与最敏感的人在一起。"

论叔本华与行动瑜伽

英国的戏剧家王尔德曾如此说道:"人生无非就是两大悲剧:一个是得不到你想要的东西,另一个则是得到了你想要的这个东西,而深感无聊。"到了悲观主义的哲人叔本华那里,前者还好,虽不免有些痛苦,但世上毕竟还有某种闪光的事物在召唤着你。而后者实在致命,直接促成了虚无主义式的绝望,里里外外皆是虚空,如犹太人的所罗门王之悲吟:"虚空的虚空、虚空的虚空,凡事都是虚空。人一切的劳碌,就是他在日光之下的劳碌,有甚么益处呢……我专心用智慧寻求查究天下所做的一切事,乃知神叫世人所经练的是极重的劳苦。我见日光之下所做的一切事,都是虚空,都是捕风。"

叔本华就此而打比方云:满足欲望,就好比施舍给乞丐一个硬币,维持他活过今天,以便把他的痛苦延续到明天。如果人满足了全部的欲望,而且没产生新的欲望,人会幸福吗?不会,人会感到空虚与无聊,这更是痛苦。于是,他用了一句法国的谚语,来说明人们无止境的欲望与每一种欲望实现之间的理想破碎:"更好,永远都是好的敌人。"所以,快乐只是暂时的幻觉,而痛苦才是永恒的真实。人生就好像在痛苦和无聊之间不停摆动的钟摆。故生命的本质,就是痛苦,再无别物。

叔本华的深刻性在于,他确实看清了尘世上的一切追求对象在本质上的虚空,但是,他却忘记了追求者本身是不虚空的;追求所生成的意义也绝不虚空,生命的价值,就是在追求者于追求的不懈精进中涌现出来,虽沉埋沃土,却如甘泉初开。之所以会有生命当中的无意义感,只是由于目的论,甚至是完美主义的目的论指向所带来的痛苦。就此,能够克服这种充满厌弃的气质、充满悲观主义的宿命论哲学,最好的途径,很可能还是印度人辨喜在欧美世界所弘扬的行动瑜伽(Karma Yoga)之精神。

通常,一般人都会把理想的目标,局限于时间与物质世界之内,所以,一旦他们发现自己的目标受挫、毕生的事业付之东流,就不可能不感到失望、感到颓丧。而只有深谙行动瑜伽精神的实践者,永远不会失望,因为,只有他们能够对行为的结果绝对地不执着,面对一切结果毫无胜算,而仍然能够在世上不懈行动。因他们的意义就在于追求本身,而且他们充满生命内在的喜乐。

那么,何谓行动瑜伽呢?

如果你在人世的一切活动中，能够满心欢喜地将自己投入其中，而又不执其结果之得失，这就是行动瑜伽。反之，如果你在各种活动中，只有努力，只有奋斗，而没有欢喜，没有联结发生，那只是行动而已，而不是真正的瑜伽。再加上了执着，那就成了纯世俗的行为，毫无灵性可言。所以，行动瑜伽，不但充满着道德意义，也充满着灵性精神。

就道德意义而言，在印度的瑜伽系统里面，它不是作为目标来教育的，而是内在世界的纯粹化，故道德其实是灭苦之道。《瑜伽经》的前二支——外制（Yama）与遵行（Niyama），其实是内在生命的保健，不仅仅是社会意义上的公共道德。帕坦伽利会告诉你这样的真相："成为非暴力的，它就会纯化你，令你安详而洁净，不要伤害任何人，甚至不要'想'伤害任何人，因为你一开始那样想，你的内在，就会变得不纯洁了，充满了不安。"

因为道德，首先是你自己受益。若别人受益，只是你的纯洁所带来的副产品，是你受益后的影子。后者的意义，只是好公民而已，并非灵性的进益，只是外部的平安，而非内在的吉祥，与灵命的开启。因为灵性或宗教，永远指向内在维度的改变。

因为业力的存在，必会涉及自由，而真正的自由是有前提的。它意味着某种进化的水到渠成，极为漫长。又因为行动瑜伽的基础，就是因果法、业报律，所以人们的每一个行为，要么是设置了一种障碍，要么是清除了一种障碍。

就业而言，有三种类型：在过去，甚至前世产生的业，它已经在今生结果；已经产生并积累的业，它会在未来的生活中结果；还有更重要的，即是现在由我们的思想和行为正在制造的业。已经存在的业，我们已无法控制，唯有等待它们来兑现，勇敢而耐心地接受果报。但我们现在正在制造的业——"还未到来的痛苦"，却是完全可以避免的。这并不是说要停止行动，尽管我们希望如此，但永远做不到，而是要停止对自己行为结果的欲求。如果我们将行为结果奉献出去，我们就逐渐会从业报之巨轮中解脱，因此免遭痛苦。

人们当前的状态是由过去的业所决定的，未来的状态又由当前的业来决定。按照轮回的学说，死亡不会中断这一过程，再生也不能打断这个连续。所以，每一个人每一时刻的身体、心智、性格和社会的环境，只是表明了此刻他的业力收支的总差额。当下生活中的每一次行动，则使我们或更惨（Bitter）或更好（Better）；当下的每一个问题，使我们或造就自己（Make us）或摧毁自己（Break us）；而当下的每一个选择，则要么使我们成为受害者（Victims），要么使我们胜出，成为得胜者（Victorious）。

为此，只有借着自觉的行动，来救赎出我们自己最后的自由。此唯有行动瑜伽才会给我们以最大的启发，以世界为镜子，来校正自己业力的收支。于是，行动就充满了责任，充满了尊严。一个人在没有外在救赎的境况中,他救赎出他自己。这是行动瑜伽非宗教的部分;若是,他还能把所有的行动,祭献给上帝,则是行动瑜伽的宗教精神。无论何者,皆属刚健有为、浩荡强毅的大气魄,此与叔本华式的悲观主义是智愚之间的分途,势如水火。

爱默生：美国精神的后花园

　　人们习惯上乐于将美利坚民族视为西方近代拜金主义的渊薮、资本主义腐朽社会的典型代表，认定这是个重物质轻精神、执着于感官享受而忽略了心灵需求的民族。其实，这是我们对美国文化的一种深度误会，一旦我们真正地关注起美国知识分子得以安身立命的精神资源时，不能不被某种人类精神文化中的奇葩所打动，这便是以爱默生、梭罗、布罗斯、弗罗斯特等人为代表，以回归自然、返璞归真作为其主要思想倾向的文化传统。我们将会惊叹于其简朴单纯所特有的魅力，在他们心灵之光的照耀之下，宇宙人生的本真面目将得以呈现。而这种传统所提供的思想韧度，又使得美国知识分子在世俗社会中奋勇进取的同时，也能够拥有急流勇退的自如。这一倾向在哲学和文学上的表现即超验主义，其鼻祖就是爱默生。

拉尔夫·华尔多·爱默生（1803—1882），美国19世纪文艺复兴时期的精神领袖，生于波士顿的康考德村，除了早年的游学生涯以外，一生基本上在这个以远离尘嚣和美丽静穆著称的小镇上度过。由于爱默生在该镇上所倡导的超验主义思潮在美国文化史上的重大影响，人们已将该地与德国的哥尼斯堡（康德的故乡）和俄国的雅斯纳良·波良纳（托尔斯泰的故乡）一起作为后人朝拜的文化圣地。爱默生早年深受英国19世纪以华兹华斯、柯尔律治为代表的浪漫主义思潮的影响，尤其是英国著名思想家卡莱尔的作品使他深深着迷。1833年夏季，爱默生为了寻找美国文化的思想出路，去周游欧洲列国，在苏格兰的科里根普托克拜访了这位他崇仰已久的哲人。从此他们建立起了终生的友谊，这对爱默生自己的理论观点的形成起了决定性的作用。回国以后，便开始了他后半生的先知传道式的生涯。

有人说，爱默生是属于那种能造就人师而自己却成不了通常意义上的大师的那种大师。换言之，他是大师眼里的大师。他曾经说过："每个新时代的经验都需要一番新的自白，世界仿佛永远都在期待着它的诗人和预言家。"而爱默生自己却正是这样一个应运而生的诗人和预言家。因而，他对诗人的力量极为推崇，他认为"诗人就是言者、命名者，他代表着美，他是一个盟主，处于中心的位置"。只有诗人才能深入本质，洞达心灵隐秘的处所，找到供给人类源源不断智慧的活水，而能够找到这种活水的人才能成为诗人,"成为这个世界的祭师"。显然,爱默生所说的"诗人"绝不等同于只会写诗的人。"诗人的标志在于他宣示的是未经人悟的,他是真正的,而且是唯一的博士。"他是思想的目击者和隐秘世界的体验者。精神生活的黄金便是由他们来挖掘。如果说海德格尔的哲学是对上帝的盼望,那么爱默生的哲学就可以被看成是对诗人的盼望。

爱默生一生都在钟爱着自然,认为人和自然之间有一种精神上的对应关系,我们对整个宇宙整体的认知有时候得返诸内心,凭直觉和信仰来把握。爱默生在《自然和精神》中有一段非常精彩的话:

……一切都属于同一整体。你当改变提问方式,你当感受和爱,并在精神中体察。精神比因其而存在者博大,否则你就搞不清它的规律。此规律可能不被人认识,却高高兴兴地被人爱和享用。

人就是凭着心灵"小宇宙"的感受和爱来与大自然的精神相互契合的。

可见,在他的笔下,自然已不复是原生态的外部世界的呈示,而是在世俗世界覆盖之下的使人性得以复苏并获得"大自在"的智慧领域——一个能让人诗意栖居的所在。他说人类本来是这个所在的领主,而自近代以降,由于外骛于世俗生活,人类成了这个世界中的蝇营狗苟、背叛了心灵需求的"商人",从而也就逐渐失去这种接受自然启示和体验自然历史的能力。而"诗人"的使命便是打开这个世界,还自然以本来面目,告诉人们内在的秘密,这也就是爱默生所再三强调的"自然是一首失传的诗"这话的蕴意。爱默生说:"诗都是先于时间而写就的。""诗人"在大自然里面正是在啜饮这股先验的智慧之泉。卡莱尔说:"真正的天才都是一种自然力量。他们身上任何真正伟大的东西都涌向那不可言喻的深渊。"爱默生自己便是这样一个通透的悟者,他的心灵毫无挂碍,智慧饱满,他说:"我像玉米瓜果一样在温暖的日子里长大、生活。"

1837年8月31日,爱默生在美国大学生联谊会上发表了著名的演讲《美国的学者》,他在其中强调了行动的意义,他说:"行动是思想的序言。"他还说:"没有行动,思想也就永远不能发育为真理。"他充分意识到,只有行动的人,才拥有那种辨别知识真伪的能力;而且,也只有通过行动人们才能够真正认识自己。如尼采所言:"所有的偏见都来源于封闭的心灵,我再重复一遍:成为闭门不出的人,是对思想犯下的滔天罪行。"

而爱默生相信,彼时的美国,首先必须依靠的是那些已醒过来的美国学者的行动,他说:

那些忍受孤独和贫困的学者,是这世界的眼睛,是它的心脏。

他们正在发挥人性中最高尚的机能；他们是将自己从私心杂念中提高升华的人；他们依靠民众生动的思想去呼吸，去生活；他们要保存和传播英勇的情操，高尚的传记，优美的诗章与历史的结论，以此抵抗那种不断向着野蛮倒退的粗俗的繁荣。

这高远的呼吁立时对当时的思想文化界产生极大的震动，被誉为美国"思想上的独立宣言"。从此，在他的周围以及身后存有一大批精英人物接受他的思想的滋养，传递和继承着美国文化中最优秀的精神火种。

对于爱默生，我隐隐感觉此人雄厚的神秘背景其来有自，因他思想中一直渗透着深沉的泛神论思想，绝非单单是西方文化能够养育出来的。可惜对此咱们国内资料甚为稀缺。我读过"万有文库"里一本评论美国剧作家奥尼尔的东方思想的书，略略知道一些关于爱默生的精神线索，但是这样的拐弯抹角通常不受人重视，也容易被忽略。直到我在英国的伯明翰找到了一本重要的书——《爱默生与梭罗的梵资源》，一举解决了思想的谜底：原来爱默生和梭罗的精神导师是近代印度第一位用英语翻译奥义书的罗摩莫罕·罗易（Rammohan Roy）。

但不管怎么说，爱默生毕竟是一个真正的美国思想家，是美国这块土地诞生出来的智者和诗人，也许，正如英国人说着自己的莎士比亚一样，美国人也会自豪地宣称："是的，这个爱默生是我们的；我们产生了他，我们靠他讲话和思维；我们和他是同一个血统，同一类人！"

对于一个民族来说，获得了这样一个清晰表达的声音，产生了这样一个悦耳地说出他的心里话的"诗人"，是一个至尊无上的精神事件。美国本来就是个兼容并蓄的移民国家，它的文化包罗万象，极为芜杂，但以爱默生为代表的超验主义思潮却像一股清泉流淌在美国精神文化的后花园，滋润着一切干枯的思想花草和文化乔木。而爱默生因此也成了美国文化史上的第一位思想巨子，直至今日，他的沉思仍然散发着无与伦比的馨香气息，弥漫在当代许多美国知识分子的精神世界中。相信大多数美国人都还记得他的格言：

> 我们要用自己的脚走路，
> 我们要用自己的手操作，
> 我们要说出自己的心里话。

突然想起了乌纳穆诺

那一年,人在伯明翰的城郊,突然想起了早年的阅读,想起了记忆中的乌纳穆诺。而岁时流转,今日又记起了记忆乌纳穆诺的英国时光。我想,末后的我,是否也一样地记起今日的我?中国古人说得好:后之视今,亦犹今之视昔。中国人的流水哲学,是稳健的,亦复是感伤的。

突然想起了米盖·德·乌纳穆诺,这个狂人,这个堂吉诃德,这个可敬爱的悖论大师!

大约是在1992年前后,在中国的许多书店里出现了一本体量不大的小说,书名叫作《雾》,记得好像是黑龙江人民出版社出版的。我被这本书迷住了,那时的我年轻,情窦初开,一切与爱情有关的美好事物都获得了特殊的魔力来诱捕我,并会在自己心底激起波澜。而这本书似乎是关乎爱情的，尤其是那奇异的封面，似乎直接指向了某种坚韧的、患难与共的人世真情：

那应该是一片苍茫的景象，昨夜亦必是下过巨量的雪雨，而此时的风似乎很大，无边的大雪和整个天地都已经安静下来。就在这天寒地冻的白雪相衬的背景之下，突然出现了两个青年男女的背影，衣袂飘飞，互相支撑着在雪地里蹒跚前行，那两个小小的人啊，就在这漫山遍野的雪地里互为拐杖，而他们步向的远方却是一片未知的积满白雪的密林。

我被这一幕感动了，我相信自己看到了一种珍贵的爱情。我那时根本不知道，当然也不顾这个作者——西班牙的一个唤作乌纳穆诺的男子——是谁，这是哪个年代的作者，又有些什么奇异的作品。

而买下这书后，我很快就将它读完。这是一部典型的现代主义悲喜剧。主人公奥古斯托生活空虚，整日生活在迷雾之中，后来加上失恋就想寻求死亡，于是找乌纳穆诺商量，希望自己获得一个自杀的结局。乌纳穆诺却告诉他，其实他不过是个小说里边的虚构人物，并不存在，所以自杀是不可能的。奥古斯托便要求乌纳穆诺让他存在，让他活下去，但事实上他也没有存在的权利。在小说的开篇居然是主人公奥古斯托的一个朋友写的序言，结尾也煞有其事地以奥古斯托的狗的身份为主人写下悼词。总之，小说里面充满了无尽的暗喻和嘲讽，有忍俊不禁的音乐，更有深刻的悲戚。

此时，我已经发觉它其实与爱情的关系并不大，倒是里面藏有的某种神秘主义哲学，却在偷偷地发出幽暗之微光。至于封面上的那场大雪根本就没有在这小说里面发生过，纯属子虚乌有之物。而事实上我也相信，西班牙这么个以炎热著称的国家，与雪尤其是大雪其实没有多少缘分。

但我还是无可救药地喜欢上了这个封面。我于是将这个封面复印下来，并放大，贴在自己寝室的床头。那黑白色造成的沧桑感，令我更加沉迷于某种爱的气氛之中。那场大雪和爱的故事更像是发生在我自己的岁月里。

后来我慢慢了解到，这个乌纳穆诺不是一般的人，在19世纪和20世纪过渡期的西班牙历史上有着举足轻重的地位，而且是个文学全才，举凡小说、戏剧、诗歌、散文等都有不凡的业绩，他似乎试图打破所有的文学体裁的框框和僵死的教条，而在文学的内部自由飞舞。另外，作为公共知识分子和大学校长，他还拥有极强的社会使命感，曾因反对独裁而两度流亡于异国。其重要的哲学著作《生命的悲剧哲学》，我想其地位大略相当于德国的《查拉图斯特拉如是说》，风格俊爽而沉郁，并充满了狂想、血的蒸气和肉的搏动，那是用整个生命而不仅限于以头脑来思考的著作，激情飞扬不亚于烫手的诗篇。

在读了《雾》以后的日子里，此人的书，我几乎是见一本买一本，已经不分青红皂白了。我后来读到了他的另外一部很有意思的小说，名字叫作《殉教者圣曼奴埃尔·布埃诺》，大意是说：一个名叫曼奴埃尔·布埃诺的虔敬无比的圣徒，他安慰着教区里所有的灵魂，无论是活着的，还是死去的。人们是那么地相信他的甘露一般的话语，而他的布道拥有无比的魅力，人们在他的声音里听出了神的声音，在他的面容里面认出了神的面容。多少人为了看清神的面目而来到他的面前寻求恩典，又无不满载着神的祝福，喜极而泣地归去。但是，在他最后的岁月里面，人们却发现了一个重大的秘密——这是圣徒自己说出来的，他说，他根本就不相信神的存在。原来他自己是一个无神论者！

我拥有一本精装本的《20世纪西方哲学家大辞典》，乌纳穆诺是少数几个入选的西班牙思想家，词条的最后，引了乌纳穆诺自己的一段话，他说："上帝默然无语，因为他是一个无神论者。"

我还记得有这么一件关乎乌纳穆诺的逸事：

某次，他得到了国王的勋章，他神色不改平日，气度傲然地入宫领奖。国王看他那副雄踞扬眉的样子，可能是出于好奇，不禁问道："乌纳穆诺先生，你觉得你配得上这块勋章吗？"乌纳穆诺说："是的，陛下！"国王说："但是，很多领奖的人都是这么说的：我心中惶恐，并受之有愧！"乌纳穆诺说："是的，他们和我说的其实都是实话！"

至于我为什么突然想起乌纳穆诺来，我已经不很确切地知道因由，也许就因为我走在大风之中而联想到那场虚构的大雪吧。想起乌纳穆诺的《雾》时，我正一个人走在异国的大风里面，从一家韩国人开的店里出来，走到了英国的街上，一手努力撑住从中国带来的雨伞，一手提着十来包我爱吃的东方面条，迎面的人我一个也不认识，而那横扫猛吹的风，却让人有被刮倒的感觉。

昆德拉与上帝的笑声

一、被放逐的"K"

古希腊最伟大的思想家柏拉图,为了实现他哲人王的梦想,把诗人逐出了他的理想国;两千年之后,或许是出于隐秘的报复,米兰·昆德拉在他的诗学王国中毫不犹豫地将思想和德性加以放逐,将小说艺术推向了一个至尊荣耀的席位(至少与哲学和科学平起平坐),并且断言小说是欧洲现代文明的母体之一。他说:"在我看来,现代纪元的奠基者不仅包括笛卡儿,还包括塞万提斯。"他还说:"当黑格尔坚信自己已经掌握了宇宙历史的绝对精神之时,福楼拜却发现了愚昧。"他认为小说家是欧洲文明的主要塑造者,所以他还引用了法国哲学家乔朗的话,轻巧地把欧洲社会命名为"小说的社会",把欧洲人说成"小说的儿子"。

1985 年春天,昆德拉在以色列被授予"耶路撒冷文学奖",

他在这个特殊的国家——这个长在欧洲体外的心脏——用带有浓重捷克口音的法语宣读了答谢词，昆德拉对这篇答谢词寄予厚望。他说："当时我已想好，将这答谢辞作为我关于小说和欧洲的思考的句号，作为《小说的艺术》的压卷之作。"

在这篇著名的讲演稿中，他一再地重复一句犹太谚语："人们一思考，上帝就发笑。"这句话昆德拉如此钟爱，是因为其中埋藏着昆德拉小说艺术的重要密码：推卸思想承担（悬置道德律令，无限期地延缓价值判断）和确立幽默为小说的本体，以此抵达存在。

笑，是灵魂的一种战栗，电光一般迅疾。昆德拉说："在18世纪，斯特恩和狄德罗的幽默是拉伯雷式欢乐的一种深情的、还乡般的追忆。"追忆是一种出神之境，令人遥想天外的事物，恍若上帝笑声的回响降临大地。昆德拉说："我喜欢想象某一天拉伯雷听到了上帝的笑声，遂生出要写欧洲第一部伟大小说之念。"显然，在昆德拉看来，伟大小说的诞生就是出于对上帝笑声的回应，是对思的嘲弄。

昆德拉无限期地延缓价值判断，是基于这样的理由：

一是科学的兴起把人推入一条专门化训练的隧道。人越在知识方面有所进展，就越看不清作为一个整体的世界，看不清自己，于是就进一步陷入海德格尔用优美的、近乎神秘的术语所称的"存在的遗忘"。一旦人被技术主义的幻想所超越，存在就被遮蔽和遗忘了,只有小说,才能将存在廓清,它是对被遗忘的存在的勇敢探索,从而将生活世界置于不灭的光照之下。他认为理性和思的批判品质一直伴随着令人晕眩的简化过程——对存在的简化。于是,他悬置了判断(对真和善没有任何指向,不担当道义的使命)。不再强调同一性,而强调变奏性;不再强调一致性,而强调差异性;不强调事件的结论,而强调事件的不安和飘摇不定。然后让存在展现,让作者从作品中隐去。

当然,他悬置的是判断,而并不是真正地悬置了思,这正是现象学大师胡塞尔的思想精髓。显然,胡氏是昆德拉小说艺术的精神乳母。

二是他已确信笛卡儿的理性已经逐一销蚀了从中世纪继承下来的全部价值。而所有理性所推崇的正面价值,如善、公义、平等、虔诚,在与非理性的现代战役中已经一一败北。在现实生活中,正像在卡夫卡的小说中一样,人,被置于辽阔无边的荒诞之中,生活在没有来由的折磨之中,只有没有人相信的暴力在干着暴力的事情,或者说,战争在从事着战争的事业,罪恶在从事着罪恶的勾当,没有了被告,也没有了法官,这一切都成了没来由地脱离了因果逻辑的事件。这样,任何的道义指向和价值判断都成了无的之矢。剩下来的,只有人物的无名冲动和焦虑不安,以及来自最意想不到的无穷无尽的背叛。

所以,留给小说的任务,只剩下了叙事,叙事成了意外的主角，成了变幻无穷的缪斯的化身，在尽着形式美学的重大使命，放弃了真和善的价值判断，指向了意味悠长的审美狂舞。这种选择在昆德拉的《六十三个词》中泄露了秘密，他说"美对于一个不再抱有希望的人来说，可能是最终的凯旋"。他在另外一个场合，也说过类似的话："小说家则不制造种种观念的重大问题，他是一个探索者，致力于揭示存在的某些尚不为人知的方面。他不醉心于他的声音，而是醉心于他正在寻求的形式，只有那些和他梦想的要求相符合的形式才成为他作品的一部分。"

叙事，某种程度上也是一种描述，揭示遗忘和被遗忘，描述存在，描述幽默。

选择这种叙事或描述的原因，主要是思的批判品质被搁置了，在小说艺术的王国中，思想被剥夺了公民权，成了游踪不定的幽灵，成了另外一种意义上的K。不过，这个K的游荡不是源于一种不安的召唤，而是被昆德拉无情放逐。

福楼拜是昆德拉所推崇的19世纪的小说家之一，昆德拉十分欣赏福楼拜的一句话："小说家是一个力求消失在作品背后的人。"实际上，小说家是无法从其作品中消失的，就像以上的这个K，一样也无法被放逐，只不过变得更加隐秘罢了。

二、对形式和轻（Lightness）的迷恋

昆德拉认为小说和相对性、多义性相伴而生，而与绝对性、

肯定性及极权主义（思想或政治）等绝不兼容。而且，我们认为这是一种本体的不相容，因为昆德拉的小说本体论是建立在幽默这块精神飞地之上，源于上帝对人类思想嘲笑的应答。

昆德拉在《被背叛的遗嘱》第一章第一节中引用了奥塔维欧·帕兹的话说："荷马和维吉尔都不知道幽默；亚里士多德好像对它有预感。但是幽默，只是到了塞万提斯才具有了形式。"它是现代精神的伟大发明。昆德拉就此还下了一个断言："它是一个发明，与小说的诞生相关联。因而幽默，它不是笑、嘲讽、讥讽，而是一个特殊种类的可笑——使所有被它接触到的变为模棱两可。"昆德拉认为这段话可以看成是理解幽默本质（"使所有被它接触到的变为模棱两可"即悬置价值判断）的钥匙，甚至是小说艺术中不确定性的秘密源头。而道德律令、宗教和科学却与幽默无缘。

而且小说中的这种不确定性（即幽默）本身又最能够体现出小说家的源源不断的智慧，从而满足了他们对形式技巧的全部野心。昆德拉确信，只有小说才是幽默和智慧的化身，才是上帝笑声的回响，才能创造出迷人的想象王国，通过幽默才能揭示全部的存在。

而幽默与价值判断几乎是水火不相容的，幽默的引路者是想象，由想象来带队前行，一旦做出了价值或道义性判断，幽默必将魂飞魄散。昆德拉说得好："由于坚持被评，卡夫卡学者死了卡夫卡。"

昆德拉对小说形式的迷恋，源于他在音乐方面的专业训练。音乐是所有艺术中形式感最强的一种，是沿着时间而逐渐展开的潮水，是能够发放光芒照亮心灵的声音，它是人类在这个世界上创造出的最好的翅膀——借助于它从而飞翔于这个世界之上的翅膀。等昆德拉从事小说创作后，它也就自然地成了其小说创作的先天背景，也正是得益于此，他为世界文学史贡献出了一种最悠然舒缓的小说节奏——没有疯狂的心理挣扎，没有巨大的精神苦闷，没有紧张的情节安排，没有一以贯之的故事结构，也没有让读者气喘不及的氛围。也许，反过来讲也成立，这一切都存在，只不过全然隐藏在了形式的底下，藏在了多声部的均衡和音乐符号"7"的系统变体当中。于是，他的小说也就达到了梦态抒情的程度，这是他的音乐品质为他提供的审美指向，从而也就为20世纪文学出示了另外一种不可穷尽的深度，这是小说美学反照回来的光芒。

甚至这还同时解释了米兰昆德拉对"轻"的贪恋以及对"轻"的痛苦体验。他不愿做个承担者，而宁愿飞翔于形式的高空，冷眼回望带罪的故国，远离了捷克人民不屈不挠为了民族解放而从事的奋斗。但是，他可以逃离苦难的巨压，却无法逃开空虚的纠缠。于是，这种"轻"、这种失重随着时间的推移变得慢慢不可忍受，最后反身变成了另外一种不可思议的重。他在《生命中不能承受之轻》中塑造的托马斯，一生都在轻与重的选择中困惑和茫然，这同时也是昆德拉本人的困惑和茫然。他甚至可能后悔自己当初对飞离故土的选择。因为创作《生命中不能承受之轻》时的昆德拉自然已深深懂得那些生命之"轻"却能将人重重击倒。

三、怀疑主义者的挪亚方舟

昆德拉将小说本体立于幽默，并根除了所有的绝对性和明晰性，放弃了价值判断，放逐了崇高的思想承担，倾心于遥想天外的形式飞翔。这样，当虚无感逐渐地弥漫开来，注定了他必然要把目光投回过去，因为未来正是他所厌恶的强权的变体。他在《被忽视的塞万提斯的遗产》中有一番十分漂亮的话：

从前我也曾认为，未来是我们的作品和行为唯一胜任的法官，后来我才明白，追逐未来是一切盲从态度中最糟糕的一种，是懦夫对强力的谄媚，因为未来总是比现在更强有力，当然它将对我们执行判决，并且是在没有任何资格的情况下。

但是，如果未来对我不是一种价值，我又归属于什么呢？上帝？国家？人民？个人？我的回答是——其荒谬的程度一如其真诚，除了被忽视的塞万提斯的遗产外，我一无所归。

塞万提斯能在多大程度上承担小说的终极皈依，这个问题我们不妨暂时悬置，但一个人留给未来的只有怀疑和不信任，无疑是极为不智的。其实，这时，真相亦已大白，昆德拉根除了道德律令，放逐了理性，悬搁了价值判断，原来一切的根蒂在于他是一个信仰的虚无主义者和思想的怀疑主义者。而怀疑主义者又是一个多么糟糕的领路人：看似道路无数，实际上途穷日暮。我们从他身上找不到道路，行于其上只会有不断的无依无靠的孤独感。

因为他从来没有过对爱的彻悟，对信仰的彻悟，对生与死的彻悟。小说家的全部机智并不足以帮助他完成心灵的皈依问题，有时反而助长了虚无主义和怀疑主义。于是他的全部艺术才华和艺术勇气都朝着一个相反的方向江河日下。

文学信念是光，人的一生注定要趋光前行。

如果连文学艺术都不能为我们提供有效的信念、真理的图景，反而散发出腐烂的虚无气息，那么这是否意味着人类社会确实已无从在精神和生活的双重背景上逃离虚无主义和颓废主义的纠缠呢？

而事实上我们都确信，当所有的理想都消亡了，文学艺术仍然是人类最后一个理想的代表；当所有的梦想都已破灭，文学艺术还能为我们出示一个巨大的梦；当所有的光都已黯淡，而文学艺术仍会散发其不熄的光耀。会枯竭的是人心，而不是文学。带着这种信念，我们才会到达新的王国，唤醒我们新的理想主义的创造热忱。而文学艺术中的形式技巧也只有在这个意义上才会异军突起，抵达不朽。

遗憾的是米氏显然不是这样。

他只向我们出示了悲观，却没有给予我们乐观；只告诉我们那是一堆烂泥，却不同时指出那是高洁莲花生长的最好的营地；指出了现实之伤，存在之罪，却没有给我们带来信仰之光和理性之砥；只妙曼轻灵地点出这是瓶中魔鬼，而没有发现正在水中待发的挪亚方舟。如果这样，那么当他从文艺王国中逐出了思想和德性，逐出文学对道义和良知的承担，实际上文学艺术的王国同时也放逐了他，可叹的是：冥冥当中他的那富有勇气的艺术创造竟然会变成一种自我放逐的行为。这样，即便他将小说提到了至尊的王位，他也仍然一无所归，除了那个残疾的退伍军人——塞万提斯。

德沃斯基的音乐

理查德·德沃斯基（Richard Dworsky）的钢琴曲，我只有一盘，但这一盘就足以让我赞美，让我歌唱，歌唱瑜伽修行和音乐的完美结合。而且我这一盘乃是直接从德氏手中所获，价值尤其倍增。在世上芸芸众生所制造的无尽喧嚣声之中，有些最美的旋律总是在大地的一角安静地发生。更多星辰会在夜的河流里面一齐涌现，却居然也有少数的星光会在白天抵达某些幸运者的内心。

我所说的一个事实就是，世界钢琴大师德沃斯基曾经就这样出现在我们的生活中，天才之光和缪斯之神的翅膀是这样在众声喧哗的背后开始了舞动。

那一次，是一位修行的朋友带着他的同门师兄迈克尔夫妇等人来浙江大学拜访，他们都是印度神秘主义诗人卡比尔传统的修士。他们从远方来，一行五个人，令人惊喜的是，中间居然有钢琴大师德沃斯基，观其相貌，似乎有俄罗斯人的血统，名字更是佐证。

当时，我们有一台普通的钢琴，便邀请德沃斯基弹奏。他同意了。德沃斯基一入场，马上显示出大师雍容的气度。其实我们人并不多，但现场气氛却异常有能量，情绪在滚动，却被他完全地掌控。他弹奏的基本上是他自己谱写的钢琴曲。里面的曲子光听其名字就感觉蕴涵甚广，用意颇深。如《晨光中的希冀》(*A Glimmer of Hope*)、《通往你的道路》(*The Path to You*)、《最后的飞翔》(*The Final Flight*)、《在万物的心中》(*In the Hearts of the Smallest Creatures*)，等等。

在现场，德沃斯基还以美国女诗人狄金森的诗《如果能让一颗心灵免于破碎》为主题弹奏一曲，他边弹边唱：

If I can stop one heart from breaking（如果能让一颗心灵免于破碎），

I shall not live in vain（我就没有白活）；

If I can ease one life the aching（如果能为一个痛苦的生命带去抚慰），

Or cool one pain（减轻他的伤痛和烦恼），

Or help one fainting robin, unto his nest again（或者，让

一只昏心的知更鸟回到自己的鸟巢），

I shall not live in vain（此生，我就没有白活）。

德沃斯基不仅谙熟古典，而且对爵士、摇滚、乡村、蓝调等现代音乐都有过探索。事后，他赠了我们两张CD。我受了恩宠，得了一张。

我曾经有一些岁月在英国与香港度过，在异乡的许多寂寞里，几乎是依靠这种纯净的声音来滋养我的安定之心。譬如，初到伯明翰之际，心情确实有些迷惘。突然置身于异地的草木、鸟兽和在天地之间，人是沉静下来了，只是情绪不免有些低迷。我穿梭在人群里，如同穿梭在梦境里，怅然若失。这是我平生的大体验。这时候我打开了窗户，把洁净的光迎了进来，泡了一壶铁观音，然后打开了德沃斯基的钢琴曲，我惊叹了！我被他的几首钢琴曲一一击中了，如《晨光中的希冀》，如《沃土》（On Fertile Ground），还有那首我百听不厌的《但愿》（If Only）。我的沉静中的虚空啊，我的孤寂中的迷惑呀，都因了德沃斯基的清洗消失无踪，只剩下沉静本身，而且是满满的安稳。

我发现他的作品不像其他的很多音乐是侵占性的，你只要把他的音乐放出声音就行，这时候你可以干任何事情，无论是读书、写作，还是沉思，都可以无扰地进行下去，而且可以更为精微地进行下去。它与一切都是和谐的，这使我备感惊讶，因为我们都接触过不少的音乐，它们对你的耳和心常有一定的强迫，你如果不专心地听，你自己的事情也会干不成，你会深感疲倦。但是德沃斯基的不会，它是不执着的音乐，以不执之心创作的音乐，只剩下了对晨光的赞美，对大地的情意！我们原是光中的尘土啊，或尘土中的光，俱是他在音乐中所赞美的事物，哪里还有什么挣扎、什么亏欠！

听《晨光中的希冀》我听到的就是明亮和明亮的忧伤。是的，有忧伤，但是这种忧伤有着无与伦比的优秀品质，那就是以明亮和信仰来节制，在琴声的高处涌动着光，滚动着光，很温暖地入了心扉。而《沃土》是沉郁的，但是绝不低迷，而是洒然的、超越的，那种沉郁我也很熟悉，应该是北欧或者中欧某些地域特有的质地，比如俄罗斯，比如波兰。我很熟悉这种旋律，如同《日瓦戈医生》中的那种可以陪伴终生的沉郁声响，但是经过德沃斯基的双手弹奏出来就截然不同，这里有对心灵的良好操控，此即瑜伽。

《但愿》是圣洁的，是伟大的，是经典中的经典，是音乐中的音乐，如同《旧约》中的《雅歌》，唤作"歌中之歌"（Song of Songs）。面对着完美，完美的情感，完美的节制和完美的心灵，我还能用什么言语来言说呢，我有什么言语来言说呢？我只剩下了沉默，只有这《但愿》的弥漫，在我的房间里弥漫开来，弥漫又弥漫，成了大大的网，柔软而坚韧，那是瑜伽圣者的气象。

这种气象击溃了我偶尔涌现的怀疑论者的心境，而令我相信，完美是存在的，音乐就可以把完美和圆满的精神境界如意地传达，如同德沃斯基所做的那样。

后来，我又到了香港，也是在异地，另外一个地域，我在风景如画、鸟雀怡然的位于新界的沙田地区，在香港中文大学的美丽校园里面，窗外的阳光也在干净的天上穿行，我再度打开了德沃斯基，一样收获了满满的祝福，收获了力量！

悉达多与轴心精神

一

也许,是现在人们的意志、勇气太弱了,故四处寻觅,寻找各种各样的依靠,无论是身体的,还是精神的,后者容易陷入神秘主义,尤其可惜。生活中,我们常常会遇见这样的人,年龄不一,学历参差,但有一点则是相似的,即动不动在非专业地谈量子力学、平行宇宙,还动不动在非经验地谈论上帝、灵魂、悟道,以及六道轮回、开悟、解脱、涅槃,等等。

我常想:这些也许都是对的,但似乎不可以作为起点来谈论。一旦涉入生命的神秘境界,皆不宜作为起点来谈论。也许会在路途终端,甚而中途就会遇上,但那不是天然合法的,它们毕竟不是共性的经验,故必须谨慎。而恰当的建议,应该如轴心时代的古人所云,好好认识自己,认识世界,借此出发,进而认识广大而浩荡的真实生活，最后认识生命崇高的境界。

于是，我想起了德国小说家赫尔曼·黑塞的那部叫作《悉达多》的小说，一个别有乾坤的求道故事。从小说里面看，悉达多无畏而富有勇气，他几乎背叛了所有外在世界与公共社会给出的价值。不但背叛了世俗，而且还背叛了自己出身其中的婆罗门教与后来遇上的佛教。他毕生信奉的唯有一条，即一切必须基于自身的真实经验，信奉自我。该书是这样说的：

你的心灵就是整个世界，然而真正的自我究竟在哪里？

带着这个疑问，悉达多走过漫长的人生，穿越了婆罗门世界、沙门世界、佛陀世界，尤其是与挚友侨文达道别之后，彻底走上了可畏惧的孤独之旅；嗣后，他还曾沉湎于名妓的温柔，成了俗世的富商，受困于世界的物欲，学会了赌博，并深受被赌瘾控制的心灵的大苦恼。

他的自我寻找之路，无疑是彻底孤独的流浪者之歌，如高傲的屈子一样，"高余冠之岌岌兮，长余佩之陆离"，不耐于各种现成的教条，不耐于各种灵性说教与宗教信仰的皈依，而只是以其真实之生命，行其真实之人生，其皈依的只能是他自己的真实。这种刀锋一般的自我寻找，是何等的需要勇气。而彻底的孤独，也总是与彻底的自我寻找一道出现的试炼：

世上无人如他一般孤独。贵族可以属于某个上流阶层；工匠可以属于某个行会，并在其中安身立命，过行会的生活，说行会的语言；婆罗门可以与婆罗门一同生活，苦修者可以进行沙门的修行；甚至林中最与世隔绝的隐士也并非孤单一人，他仍属于某一群体。

甚至，连朋友侨文达都已是一个佛教僧侣，有成千上万的僧侣兄弟，他们身披同样的僧衣，拥有共同的信仰，使用同样的语言。而他，悉达多，他该归属何方？该加入何人的生活？使用何人的语言？然而，耐人寻味的是，小说的最后，是孤独的悉达多得了大觉悟，而不是那位皈依佛陀的侨文达。侨文达与他道别之前，曾问悉达多道：

悉达多，在继续我的行程之前，我想再问你一个问题。你是否有某种你可以确认的信条、信仰或是知识来扶助你生活并行于正道？

悉达多回答道：

你很清楚，我的朋友，甚至当我还是一个年轻的苦行者时，我已经开始怀疑所有信条与教师，开始与他们背离。现在我的想法依然故我，尽管从那时起，我有过许多导师。一位美丽的名妓曾长时间做我的老师，还有一位富商和一些赌徒也曾是我的老师。一位佛陀的游方弟子，曾一度是我的老师，当我在林中沉睡时，他曾停下来坐在我的身边守护；我从他那儿也学会了很多，我对他非常感激。然而，最重要的，我曾师从于这条河以及我的前辈维稣德瓦。他是一位质朴的人，他并非哲人，但是他与乔答摩同样悟到了世界的本质。他是一位圣贤。

悉达多所要讲述的道理，其实是直截了当的：关键在你，你错了，一切便全错了。而认识自己，从来容不得半点的虚假。生命之路的稳健行走，不当行在远方的夜色当中，灯光要从自己与自己的生活这里开始照亮，行走脚下最真实的道路。

二

英国作家阿姆斯特朗于《轴心时代》一书中说道，后轴心时代的人们，在接受一种精神生活之前，常常习惯于假定一个大前提，即"上帝"是存在的，或首先设立一个精神原则，然后去理解它、适应它："人们往往假定，信仰大概就是相信某些教义命题。的确，人们一般都将信奉宗教的人称作信徒，似乎认同那些宗教信条，便是他们的主要活动。"但是，真正的轴心时代之贤哲们却与悉达多一样，阿姆斯特朗说："然而，大多轴心时代的哲人对任何教条或玄学都不感兴趣……像佛陀这样的人对人的神学信仰漠不关心。一些贤哲甚至断然拒绝探讨神学问题……首先你应当实践一种伦理性的生活；接下来，个人修为和平素的仁爱之心，而非理论上的认信，将为你揭示出所要寻求的神圣性超越。"所以，悉达多所秉持的，其实是元气淋漓的创造性人生，这也正是人类文明当中气拔云天的轴心精神，即自己是存在的轴心，所有外在的朝圣与追逐，都只是一种对自我的提醒，行程万里、抵入自心。如同阿姆斯特朗在《轴心时代》中说的，轴心时代的创造者们不谈神秘主义，只强调自心的经验：

在轴心时代得到发展的各种思想传统延展了人类意识的边界，并在其存在之本质当中显现出超验的一面。然而贤哲们未必将其视作是超自然的，他们之中的大多数拒绝讨论这个问题……人们永远都不应将任何宗教教条，或道听途说的东西接受为信仰。质疑一切并对照个人体验，以经验为依据去检测任何教义，是非常重要的。

书中强调，盲目遵从会将人们限制在一种自卑和不成熟的自我当中。而这一点正是黑塞在小说《悉达多》当中一以贯之的精神。关于人世真实温情的一面，书中有一段十分精彩的对白，慢慢靠近了中国人的传统哲学。

侨文达的质疑，引发了悉达多对世界，也就是对"物"与"河流"的思考。他说道：

> 更坦白地说，我也不是很注重思想，我更注重"物"。例如，这个渡口曾经住着一个人，他是我的前辈与导师。他是一个虔诚的人，多年以来他一直仅仅信奉这条河，他发觉河水之声与他交流，于是他师从于河水，而河水则教导他，培养他。这条河对于他似乎是一位神。多年以来，他并没有明白每阵清风、每朵白云、每只小鸟和每只甲虫都同样神圣，而且与这令人尊崇的河流一样能给人以启迪。但当这位虔诚的人飘然进入林中，他彻悟了一切。没有任何导师与书本，他比你我理解得更多。而这只是因为他信奉了一条河流。

侨文达进一步质疑"你所谓的'物'是否真实"之际，悉达多如此答复：

> 这一点也并不使我烦恼……假若它们虚幻无实，那么我自身也同样虚幻无实，它们永远与我有着相同的本质。这正是它们可爱而可敬的原因，正因为如此，我才会去热爱它们。这里有一个道理，也许你会嗤之以鼻。但是，侨文达，我感觉爱是世上最重要的。研究这个世界，解释它或是鄙弃它，对于大思想家或许很重要；但我以为唯一重要的就是去爱这个世界，而不是去鄙弃它……善待我们

自身以及一切生命。

悉达多认为"一个人可以去爱世上之物，但一个人不能去爱词句"，所以，那些宗教教义于他毫无意义，只是一些词句，甚至连救赎、德行、轮回与涅槃也都只是词句。人们正是被这些词句所迷，而失去了最真实的生活，这也正是他善意提醒朋友侨文达的意见。

阿姆斯特朗《轴心时代》的要旨之一，正指向了悉达多这样的真实人生，他们经验着人世与超越的双重真实，穿过了无数的此岸与彼岸，穿过形形色色的宗教，并经验各种灵魂的功课。最后，悉达多是在中国人的那种流水哲学中悟道了，"他看到河水无间断地流转不居，而同时却又恒常不变地存在着；河水永无迁变却又刻刻常新"。

在流水当中，他听懂了存在界深层次的奥秘，他成了河流与道路的一部分，从此可以摆渡无数活在此岸与彼岸的人们。所以，不走极端的悉达多，正是伟大的轴心精神甚至是中庸精神的化身。

后轴心时代的宗教，尤其是组织化信仰的宗教，大都为轴心后的产物，这是耐人寻味的。而在中国的传统文化里面，真实地生活，本身就是一种宗教性精神，而不是外在世界授予、尚未经受自家检验的某些神秘信条。唯有真实地生活着，才会与轴心时代的贤哲们一样，尊重一切的生命，生成一颗大大的宇宙悲心。这与中国传统文化里面的孔孟精神暗合,"祭如在","未知生,焉知死",尤其是孔夫子的一句"不语怪力乱神",大体意思俱在其中了。不必向外别求玄妙,唯于日用一切境界当中,不欺自心,从自家的穿衣吃饭处一眼看破,便是真实的功夫,是孔孟心性与真学问所在,中庸要旨,尽在其中了。何谓"中庸"?近代大儒刘止唐的话语颇好:"至神至奇,即在至平至常之内,所以为中庸也。"若是借用小说人物悉达多之口,则是:

我认为一切的存在皆为至善——无论是死与生,无论罪孽与虔诚,无论智慧或是蠢行,一切皆是必然,一切只需我的欣然赞同,一切只需我的理解与爱心。因而万物于我皆为圆满,世上无物可侵害于我。

三

那一年的暑期,我记得自己有好一些时日,都漫游在喜马拉雅山的群山林莽之中。后来,我一个人到了中部的西姆拉,刚好遇上了这个山城的图书节,在它中心广场的一座西式楼房里举行。我在里面购得了不少印度书籍,行走之际,赫然发现了到处都是黑塞的《悉达多》,几乎摆在了每一家书店的显眼位置。

我当然知道,印度人喜欢这个小说,原因是他们认为这里面写的是印度,是印度的婆罗门少年悟道的故事,至少,也是与他们的佛教有关；而如我所知，该小说里面的真精神，除了印度的元素之外，更是借之于古中国的文化，而归总起来，则是阿姆斯特朗所重视的轴心时代精神。

悉达多有着他生命自身的平衡艺术，他的寻找，是生命摆渡的艺术，他了解了两岸，最后行走于两岸之间的河流，非偏非倚。唯是致力于此种根基的纯粹，那神奇的造化，倒是于斯得以借力发力，转眼之间，已是轻舟远扬，臻入了言语道断之真生命的绝妙境界，成了轴心精神的最好化身。这一点，对于生活在后轴心时代的我们，启示意义尤其大。

灵魂收获我们看不见的远方

我没有想到这本书是如此地丰盛而烟波浩渺。

若是仅有细部的精致,那倒也罢了,无非源于一个训练有素的诗人之高妙手笔,写她的心中妙曲。但是蕴涵其中的关于生命的深刻悟解,却绝非舞文弄墨的凡辈所能轻易抵达的。这才是本书的光,那上升上扬的圣洁之气质。里面有灵魂的低吟,而这种低吟显然是在历经心灵的诸多困局和混沌,终而复归于生命澄澈的结果。人类从来不是因极复杂,而是因极素朴和极纯粹而伟大。这个道理似乎谁都可以毫无障碍地脱口而出,但真的要抵达那个位置,实际上却千难万难。正如诗人泰戈尔所云:"离你最近的地方,路途最远。最简单的曲调,需要最复杂的练习。"正此之谓也。

这本书的名字叫作《天香:圣经中的女人》,作者叫作小山,一个女诗人。我相信，在这以前，我应该没有读过小山的任何东西，也许她的有些文字会藏在我的书房中的某本集子里面。但那不重要，重要的是，我一读此书，就判断这是我的阅读历程中的一次值得纪念的事。

作者在书中写了十七个《圣经》中的女人，从《旧约》里创世纪时代的夏娃开始写，写到了《新约》时代的莎乐美和玛丽亚等女子。整部《圣经》中所提到的女子不下千百，而作者所选择的都是与自己的生命发生隐秘联系的人物，正如她自己说的："她们当中的无论哪位，都可以做我的'镜子'，照出我的良劣，这是我在写作过程中得到的欣慰。"

人与书，尤其是与伟大之书的关系，历来都是光照和光的关系，而只要是内心做好准备的人，他或她，必定会将其光源辨认，并将其所接受过来的光，加以折射，光与折光就如同大海与众泑，以太与鼻息，春天与百花那样的美好关系，在万物和人群中积极而自在地涌动。但有一个前提，那就是，必须葆有一种信心，一种已全然克服了怀疑主义和虚无主义病毒的大信心。在这种信心之下，人们才会发生全然的依靠，才会发生我们一直在寻觅的磐石般的坚定，才会在时代的大水中毫不动摇，才能苏世独立，横而不流。因她已说过：

> 我相信《圣经》的力量。我也相信《圣经》中的女子，对我们

的现实生活，仍有指导、参照的意义……我常常依靠对耶稣的感情加添自己的写作信心。

诗人写夏娃是这样开篇的：

基路伯的火焰之剑，把夏娃的面孔映照出扭曲的惊恐。

她没有别的出路可以选择，败走，不，是前去，另一条路已经为她预备，怎么样的结果她都必须前往。

这个人类的祖源，这个受诱惑的女人，她曾经是如此地"容光焕发，这个曾经比树木、花草还秀丽明媚的女人，备尝幸福的滋味：琼浆玉液是她的饮食，在阳光中散步，心情比流水还悠然"；这个伊甸园的女主人，她的爱人亚当这样地爱着她："这是我的骨中之骨，肉中之肉……"。可是，一切都在瞬间失去，幸福瞬间崩溃，天堂瞬间坍塌。那个别名唤作诱惑的蛇给了这女人以"好奇"，一切都变得不可遏制了，都依序发生了。鲜花变为蒺藜，清流成了血污，坦途大道成了狭路窄谷。

此时，幸好还有唯一的救赎，那就是爱。爱可以补救天堂的下坠。诗人小山说：

好在她并不是孤单的，她紧张地依偎在另一个人的臂膀，就与这个人挽手而行。从温馨的葱茏之地，和这个人一起被驱赶到荒凉之地……她走向亚当时仍然如微风临水，身子优雅，裸体的弧线之美，镀金一样体现造物的精致和爱情的光芒。她向亲爱的亚当走去，就是回家。

无疑，这书里最奇妙的就是作者所写的爱了，不但有夏娃对亚当的爱，有玛丽亚对耶稣的爱，甚至还有莎乐美对约翰的爱。

是的，那邪恶的莎乐美，在西方的文化当中，早已经成了一个重要的艺术符号，她是"妖媚狠毒的女子"的代称。但是诗人小山总是能够别开生面，充满奇思妙想，而又合情合理。她的判断是：

莎乐美是让人着迷的女性。那种花朵的旋涡。那种火光的黑洞……莎乐美给人的激情，是宁愿死亡也要一搏的奋不顾身。这是类似隐秘的吸引力。

这个午夜的旋涡，必然要发生在夜晚。"火光与暗昧旋转的午夜——莎乐美的到来使人们精神一振。她还是个少女，皮肤下树叶和花蕾正在舒展欲放。"

就在这样一个夜晚，莎乐美的舞蹈之夜，她获得了希律王的赏赐，她可以欲求人间的一切美物，在国王的领地，她可以获得一件她所需的任意宝物，"午夜变得猩红。舞蹈的高潮是如意的杀戮。王后和希律王沉溺于疯狂。只有莎乐美却是清醒的"。莎乐美说，她只要施洗者约翰的头颅！

爱欲不成，就是死亡！"少女莎乐美把狂欢颠覆，舞蹈成为罗网……只有对死亡倾慕，才会不顾身家性命地对罪恶投入激情。"

这个火焰一般的女子，现在却拥有冰冷的心灵，回应她的爱的，只是地狱里长长的叹息。

与夏娃同样经受诱惑的是罗德的妻子，与莎乐美一样具有黑色心灵的还有大利拉。但是《圣经》中的女人还有奇妙的祭献，这种奇妙的祭献方式各异，但核心一致，都是出于一种毫无犹疑的爱和信仰，比如年轻寡妇路德的顺服，抹大拉的玛丽亚的勇敢无畏的跟随，耶弗他的女儿的燔祭，等等。这些女人成了坚定的代表和源头，她们不分贵贱，不分来处，一起构成了同一道坚不可摧的信心的堤坝。

我是在一个时代的夜晚，于一辆绿皮的火车上阅读的，由温州开往杭州，连着一气，将它通篇读完。作者虔诚得像一棵挂满露珠的无花果树，而对爱的歌赞，又如同一只忘情鸣啭的天鸟。我对于书中遍地的灵思深有所感，随手记下几条自己的读悟发给了我的朋友：

一、智慧是从信仰开始，而不是由诱惑而来，《箴言》云：

"敬畏耶和华就是智慧的开端。"夏娃出于对诱惑的屈从而堕落,耶稣出于对诱惑的胜出而恢复乐园。同是诱惑而分道,俱在信心之秘。

二、当信心纯粹了,智慧就来了。所谓智慧,即是一颗心的明亮,如同佛云:明心见性。

三、唐望崇拜的发生。文明世界的学者对蛮族酋长的崇拜意味着什么?气度和高贵与学识无关。而鲁滨孙只停留于虚构,虚构了一个文明对原始的征服。其实,有多少学识博大如海洋一般的人,倒是藏伏在西藏岩穴或印度的静修林里啊,如拉马那和罗摩克里希那等。

四、幸福是一个女人最美的盛装。善良之美是无形而实有的,如同微风之于树木,波光之于溪流。树上的果实可以慢慢地、安静地成熟。

五、在有和无之间的渺渺深渊,让我们对未知的事物保持尊重。人间有诸多奥秘,如果人类过于相信自己的肉眼,过于相信可见的物质并穷竭于此境,那么可以断言的是,我们会越来越失之交臂于那些不可见的事物所包含的更深的真理。

六、关于欲望,但丁在《神曲》里说:贪欲的性质非常残酷,肚子从来没有饱足的时候,愈加吃得多,反而愈加饥饿。

七、配偶的含义,就是二人一体的互相属于,名曰爱情这事物的真实价值在于彼此心的不离……

我还随手写道：从书里的手笔可以看出，这必是受过重伤的女子，必有过甚深的绝望的女子。我的一个朋友说，是书让人在得到美的享受的同时，亦有一种心疼，一直以来，我对所有情执深重的女子，都有这种感觉。因为情深，意味着受苦，受苦，意味着疼痛。以痛和苦作茧，要么长出翅膀破茧而出，要么在黑暗中窒息而亡。显然，作者选择的是前者，这也是让人感动的原因。而果然，作者在对《圣经》经文的信赖中，也生出了对人间生活中爱的信仰。尤其是对女子之爱给予了无尽的赞美，那么真诚，那么纯粹，文字又唯美动人。为此，她特意为《雅歌》献上了一篇《歌中的雅歌——雅歌新妇篇》，她说：

那生长在光线与露水中的女子，既不懂得害羞，也不明白恐惧——她对雷鸣也是欢喜的，在狂野的大雨中感受自己身体里的火焰，她无从知晓任何不是天然的东西，因此不会想到被否定，也不知道自己出于心灵的感情，会是错误的。

她会有本能的倔强，就如同相信日出和鸟儿歌唱，她不屈从于内心的沉寂。

女诗人甚至对没有回应的爱也予以一样的赞美：

你敲门，有时门内是空的；你看见，然后那人离你而去。有些植物开花，我们没有看到果实；有些花开败了，枝头是垂头丧气的，然后就是秋风落叶……

她不必自我嘲讽，沮丧爱的失败——爱就不会失败，如果内心涌动着蓓蕾的欲望，她不想让花朵不开！受苦吧，假如仅仅是因为爱而不能被爱。

因为，这个时候，信仰变得无比重要，爱怎么会不滋长更爱呢？爱情必会引导爱情！而且灵魂会自己收获那看不见的远方。

很有意思的是，在女诗人的眼中，没有灵肉的对立和分途，没有爱欲和圣洁的罪恶不谐之音。爱，单单是爱，就可以补偿一切，就是肉，也照样可以抵达灵，如大卫和拔士巴那起于爱欲、终于心灵的爱。

就这样，一部燃着灵的气息和情的挚诚的书出来了，"这部书终于出版了。作者和她的这部书，一同走上人生的新的里程"。作者和我，都要为之长长地吁出一口气。

跋文：从"为学日益"到"为道日损"

写作写到了最后，最好也懂得用《金刚经》的"扫相破执"来结尾。譬如说"所说法，皆不可取、不可说，非法非非法"，"实无有法，佛得阿耨多罗三藐三菩提"，"若人言如来有所说法，即为谤佛"，等等，它与《道德经》开篇的"道可道，非常道"，恰好形成了耐人寻味的对勘，故特别富有意义。佛陀到了最后，大意是说：我说了这么多，全是不算数的，当我没说。

而其真实义，大体上言来，即我们的存在，一切烦恼之生起，从来不是世界的问题，而是出在对世界的执着；不是我的问题，而是出在对我的执着上面。同样，也不是法的问题，问题是对法的执着，甚至，不是空性的问题，而是出在人们对空性的执着上。

所以，我常常想，《金刚经》一定是佛教发展到了最高的阶段，才会出现的一部圆满的智慧圣典。它不必是最初的，而应是最末后的；它是不能作为起点来运用的圣书，而只能是作为终点才会出现的大自在。这种终点，是如此的圆融之境，如此的得了最后的大自在，不但是思自在，而且是观自在；不但是观自在，而且是行自在。所以，它又一并解决了起点、过程与终点之间的所有问题，即它一并解决了起点的入局期待、过程的迷局与终点的破局而得大自在的所有问题。所以，它是永恒的，是一部永恒之书。这与时间已经无关，我这里所说的乃是境界，《金刚经》的境界，是最后的、是最高的。

而现象诸法皆归于秩序、归于答磨，而分有了各自的次第。《金刚经》是最后的境界，所以，可以破尽一切次第而无碍。它不说恒常相，亦不说断灭相；它甚至消解了佛陀教示中最初的那种革命性精神，与婆罗门教示如奥义书圣典中阿特曼一义的对立性。这不但破了"我法二执"，而且还一并破了"破我法二执"。万花丛中过，片叶不沾身。行过世间，正如鸟行虚空，无有痕迹，形成了最高的般若波罗蜜。如《大般若经》中所云："一切法不可得，乃至有一法过于涅槃者，亦不可得。"

所以，所谓人生者，也就是一番"虚舟渡世"而已，"满船空载月明归"，空船所载满的，皆是月色的明亮，皆是星子的光辉。大体明了此义，才算是入了真般若之旅，生命获得了澄明之品质。

但是，我们应该知道，人必须说了很多话以后，沉默与不说才有意义；人必须拥有了很多很多事物以后，对事物的放弃才有意义；人必须"为学日益"，拥有无数的知识以后，放弃知识的"为道日损"才有意义。同样，写了很多文字以后，把笔搁下，不写才有意义。这不妨作为《金刚经》对我的教示与启悟。

写作如此，阅读如此，人生，也何尝不是如此呢！谈有谈无，论空论色，借此而有了意义，才有闻所闻尽，觉所觉空。此所谓：

闻钟心愈静，妙谛境无穷。
佛自菩提得，经缘诸法通。
串珠证因果，一印觉玲珑。
若识禅机趣，世情空非空。

闻　中

戊戌年初秋于莫干山

图书在版编目（CIP）数据

与世界有一场深入的遇见 / 闻中著. -- 2版. -- 成都：四川人民出版社, 2024.6

ISBN 978-7-220-13678-8

Ⅰ.①与… Ⅱ.①闻… Ⅲ.①散文集—中国—当代 Ⅳ.①I267

中国国家版本馆CIP数据核字（2024）第089639号

YU SHIJIE YOU YICHANG SHENRU DE YUJIAN
与世界有一场深入的遇见
闻中 著

责任编辑	陈　涛
装帧设计	熊猫布克
责任印制	周　奇
出版发行	四川人民出版社（成都三色路238号）
网　　址	http://www.scpph.com
E-mail	scrmcbs@sina.com
新浪微博	@四川人民出版社
微信公众号	四川人民出版社
发行部业务电话	（028）86361653　86361656
防盗版举报电话	（028）86361653
照　　排	四川胜翔数码印务设计有限公司
印　　刷	四川五洲彩印有限责任公司
成品尺寸	135mm×202mm
印　　张	9.5
字　　数	180千
版　　次	2024年6月第2版
印　　次	2024年6月第1次印刷
书　　号	ISBN 978-7-220-13678-8
定　　价	58.00元

■版权所有·侵权必究
本书若出现印装质量问题，请与我社发行部联系调换
电话：（028）86361656